ドS刑事

二度あることは三度ある殺人事件

七　尾　与　史

幻冬舎文庫

ドS刑事《デカ》

二度あることは三度ある殺人事件

1

ソウタは財布の中身を漁《あさ》っている女性をチラリと見た。

「やっと見つかった。はい残り六円」

彼女はソウタの差し出した手のひらの上に一円玉と五円玉をそれぞれ一枚ずつ、そっと置いた。彼女の指がわずかに触れるだけで、ソウタの心臓は飛び跳ねそうになる。

「小銭が少なくなっていたので助かります」

「こちらこそ、いつもありがとう。このお店ができたおかげで、私の生活はとても便利になったの」

彼女の少しぷっくりとした唇が、優しい形の笑みを作った。それだけでソウタの心は幸福で満たされる。感謝したいのはこちらの方だ。

「そうなんだ」

普段、無表情なソウタにも笑みが浮かぶ。同年代の女性と会話をする機会なんて滅多にない。前回がいつだったか思い出せないほどである。彼女は初めて来店したときから、気さくに声をかけてきた。コミュ障気味だったソウタは最初は戸惑ったが、今では彼女の来店を楽しみにしている。

「ここができる前は駅前まで歩かなくちゃいけなかったのよ。そう遠くはないけど五分はかかるでしょう。ちょっとした買い物だと億劫《おっくう》になってしまうのよね」

このコンビニは半年前にオープンした。ソウタは開店当時からのスタッフである。といっても、時給九百五十円のアルバイトだ。

「そのバンド、好きなんだ」

ソウタは彼女の胸を顎《あご》で指した。Tシャツには「VALKYRIE」というロゴがデザインされている。

「ヴァルキリーを知ってるの？」

「う、うん……まあね」

「嬉しい。超マイナーなバンドだから、知ってる人が少ないのよね」

「そうだろうね」

ヴァルキリーは三人組のヘビメタバンドである。三人ともホラー映画に出てくる化け物のようなマスクを被っているのが特徴だ。

「ソウタ君は仕事何時までなの？」

彼女に名前で呼ばれるたびに心が躍る。これ以上の幸せは他に思いつかない。彼女がソウタの名前を知っているのは、胸のネームプレートを見たからだろう。

「九時までだよ」

そのあとになにかあるのか。ソウタは胸を膨らませた。

「じゃあ、頑張ってね」

彼女はにこやかに手を振りながら店を出ていった。

なんだ、誘いじゃないのか。そりゃあ、そうだよな。俺みたいなブサイクでコミュ障な男が、彼女みたいな華やかな女性に誘われるわけない。

彼女との会話は毎日、この時間帯の、ほんの一分ほど。たった一分とはいえ、ソウタにとってなにものにも代えがたい束の間の潤いであり、彩りだった。これがあるから一日一日を生きていられる。

夜の九時になり、アルバイトのシフトが終わった。

コンビニで夕食の買い物をしてから、店を出る。自宅のワンルームアパートはコンビニから歩いて三分ほどのところにある。軽量鉄骨の三階建ての古い物件で防音性は最悪だが、家賃が相場より随分と安いこともあって、大学生時代から住み続けている。

ソウタの部屋は三階の角部屋だ。外通路に洗濯機を設置している。玄関扉を開いて入るとすぐに小さなキッチンのついた短い廊下が延びていて、ユニットバスの扉がキッチンと対面している。廊下の先が畳敷きの四畳半である。シングルベッドが部屋の半分を占めている。室内が散らかっていると気が滅入るので、なるべく整理整頓するようにしている。

ソウタは窓のカーテンをそっと開いた。ベランダは設けられていない。汚れで曇ったガラスを通して外を覗《のぞ》く。

二車線の道路を挟んだ斜め向かいには、単身者用のマンションが建っている。二階の一番西側の部屋は明かりが点灯している。ソウタは一度カーテンを閉めると、双眼鏡を持ってきた。部屋の電気を消して、カーテンの隙間から双眼鏡で覗く。これはバイトから帰ってきた直後のソウタの日課だった。

窓際に女性の姿が見えた。彼女の名前は七草華子《ななくさはなこ》。先ほどのコンビニの客である。そしてソウタを「ソウタ君」と名前で呼んでくれる、唯一の女性だ。

コンビニで初めて名前を呼ばれたとき、ソウタは華子に一目惚れした。興信所を使って彼女のことを調べてみると、両親も兄弟姉妹もいない、天涯孤独の身であることが分かった。そんな彼女にさらに惹《ひ》かれた。なぜならソウタも同じ境遇だからだ。それでも人生に失望することなく、他人に対して明るく優しくふるまえる彼女に対して、思いを強めていった。

しかし自分の思いを伝えることはできない。もし拒否されれば立ち直れない。それならほのかな希望に縋《すが》りながら、ささやかな幸せを噛《か》みしめて生きていく方がいい。

彼女は手に「ＶＡＬＫＹＲＩＥ」とロゴの入ったマグカップを持っていた。彼女がファンだと知って、ソウタはそれまで関心を向けたこともなかったヘビメタバンドについて調べた。ＣＤを取り寄せて、何度も聴いた。彼女と同じ趣味を共有しているような気持ちになれた。先日のライブに初参加しようとチケットを購入していたが、熱を出して寝込んでしまったので叶わなかった。華子はライブに参加したようだ。

そのとき、彼女の背後に男の姿が現れた。男の名前は知っている。飯塚肇《いいづかはじめ》、彼女の恋人だ。しかし二人の関係が良好であるとは思えない。声は聞こえないが今も言い争いを始めている。彼女は飯塚との喧嘩が始まると近隣の目を気にしてか、いつもカーテンを閉めていたが、今日は閉めなかった。

二人は身振り手振りを加えながら、言い争っている。内容はわからないが、飯塚の表情は険しい。華子はこちらに背中を向けているのでどんな表情なのか窺《うかが》い知れない。しかし彼女の怒りは背中からも伝わってくる。飯塚が浮気でもしたのか。

ソウタは双眼鏡のリングを回してピントを調節した。飯塚の顔がくっきりと見える。彼の目は血走っていた。

彼は突然、華子の髪の毛をつかみ上げると拳骨を彼女の顔にぶつけた。崩れおちる華子に向かって何度も拳を振り下ろす。やがて飯塚はジャケットを羽織ると部屋を出ていった。

華子はゆっくりと立ち上がると窓の方を向いた。髪の毛は跳ね上がり、頬《ほお》にはアザができていた。涙で顔がグシャグシャになっている。

そんな彼女を見て胸が痛くなった。今までカーテンに遮られていたので知らなかったが、彼女は日常的に飯塚から暴力を受けていたのだ。

七草華子の笑顔を傷つけるなんて許せない。彼女の笑顔は俺のものだ。

ソウタは無意識のうちに握り拳に力を込めていた。

翌日、ソウタはバイトを休んだ。

華子のマンションを監視していると、飯塚がエントランスに入っていった。おそらく華子に昨夜の暴力を謝りに来たのだろう。しかしＤＶはくり返される。殴っては謝り、謝っては殴る。ＤＶは体質なのだ。飯塚が存在する以上、華子は救われない。

華子に訪問を拒否されたのだろう。飯塚が苛立《いらだ》たしげな様子でマンションから出てきた。

ソウタは帽子で頭髪をすっぽりと覆い、メガネとマスクで顔を隠しながら、飯塚のあとをつけた。彼は住宅街の路地に入った。最寄り駅への近道だ。路地は入り組んでいて見通しが悪くなっている。それだけに視界には飯塚の姿しかない。

コートのポケットの中の手袋をはめた手は、ナイフを握っている。

ソウタは昨夜、笑みのないくすんだ顔の華子を見て決心した。

自分は彼女の守護神、ガーディアンになろう。彼女をよこしまな者たちから守って、彼女の笑みを絶やさないようにする。それが自分自身の幸せでもある。

ソウタには守るべき家族がいない。両親は早くに亡くして、兄弟姉妹もいなかった。恋人はおろか友人と呼べる人もいない。社会的地位も財産もない。もともと失う物がないのだ。

ソウタは足早に飯塚の背後に近づくと、ナイフを彼の背中に突き立てた。声を上げながら崩れおちる飯塚の体を何度も突き刺した。彼はすぐに声を上げなくなり、動かなくなった。周囲を見渡すと、幸いに通行人の姿はない。ソウタはナイフを握った手をポケットに戻すと足早にその場を立ち去った。

初めて人を殺した。恐怖も後悔も高揚感も湧いてこなかった。

今まで幾度となく、人を殺す想像はしてきた。だが実行してみると、実に呆気《あっけ》ないものだった。自分はサイコパスなのかもしれないなと思った。

部屋に戻って二十分もすると救急車のサイレンが聞こえた。双眼鏡でマンションを覗くとサイレンの音に反応したのか、華子が不安げな顔を外に向けている。

「あいつから殴られることは、もう二度とないよ」

ソウタはそっと彼女に声をかける。まるで声が届いたように彼女は一瞬だけ笑みを浮かべた——ような気がした。ソウタは体が浮かび上がるような喜びと充実感を覚えた。

その日からソウタはバイトを辞めて、華子のガーディアンに徹することにした。彼女が外出するときはあとをつけて遠くから見守る。部屋の中にいるときは双眼鏡で見守る。

宝くじに当たったことで多少の貯金はあったので、バイトをしなくても三年は生活ができる。そのあとのことは、またそのときに考えればよい。今は彼女のガーディアンに専念したい。

それから半年が経ったが、ソウタのもとを刑事が訪ねてくることはなかった。新聞やネットニュースをチェックしても、飯塚肇の事件の進捗についての記事は見当たらなかった。ソウタの中の怯《おび》えは、オセロゲームの駒のようにめくられて、安堵《あんど》に変わっていった。

さらに一年が経過した。

ある日、いつものように双眼鏡を覗いていると腰に痛みが走った。その痛みは急速に激痛へと変わっていく。以前、同僚のバイトがぎっくり腰で一週間ほど店に出られなくなったことがあったが、その彼から聞いた話と症状が似ている。

ソウタは椅子に腰掛けた。体を動かそうとすると激痛が走るが、じっとしている分には大丈夫のようだ。外出はまず無理だ。これでは外出時の華子を守ることができない。動けるようになるまで一週間かかる。ソウタは失望感を覚えながらも双眼鏡を覗いた。

飯塚が死んでから、彼女は恋人を作らなかった。DVを受けて、男はもうこりごりと思ったのかもしれない。それによってソウタ自身も嫉妬心を掻《か》き立てられることなく、心穏やかに過ごすことができた。

腰の痛みをこらえながらなおも双眼鏡を覗いていると、窓に彼女が現れた。今日もヴァルキリーのTシャツを着ていた。そして壁には彼らのポスターが見える。

その彼女と双眼鏡を通して目が合った——ような気がした。

思わず双眼鏡を外して顔を引っ込める。

覗きがバレたか……。

ソウタはそっとカーテンの隙間から覗いてみた。華子はまだこちらを向いている。双眼鏡を使う。彼女は目を凝らしてこちらを眺めているようだ。彼女は軽い近視だと言っていた。コンタクトレンズを外していると、こちらがよく見えないのだろう。一生懸命こちらを見ようとしている彼女の表情を見て愉快な気分になった。またそんな彼女も可愛いと思った。

そのとき、華子の背後に人影が見えた。

ソウタは慌てて人影にピントを合わせた。

女だ。スキー帽子で頭をすっぽりと覆っている。離れた両目は切れ長、直線的な鼻筋、そして厚めの唇。黒の手袋をはめている。

女が華子の背後に忍び寄っている。おそらくサバイバルナイフだろう、大きな刃物を握った手を振り上げている。華子は背後の気配に気づいていない。窓の外を眺めている。

「後ろ、後ろっ！」

ソウタは彼女に合図を送りながら叫んだ。しかし声は届かない。華子の部屋の窓は閉められたままだ。彼女は怪訝《けげん》そうに首を傾《かし》げている。

「後ろっ！　後ろっ！」

ソウタは必死になって彼女に振り返るよう指を差す。しかし華子は外を眺めたままだ。

やがて女はナイフを握った手を、華子の背中に振り下ろした。その瞬間、華子は前のめりになって顔がガラス窓におしつけられた。女は何度も何度もナイフを振り下ろす。そのたびに華子の顔はガラス面を滑り落ちてやがて見えなくなった。

「ちくしょう！」

ソウタは玄関に向かおうとしたが、腰に激痛が走って床に倒れた。息が止まるような痛みだ。気力ではどうにもならなかった。

なんとか立ち上がって窓の外を見た。女がエントランスから出てきた。スキー帽子を脱ぐと、黒い髪がふさっと肩にかかった。

そのとき一瞬、彼女はソウタの部屋を見上げた。しかしソウタには気づかなかったようで、逃げるように立ち去った。他に通行人はいない。

ソウタはポケットからスマートフォンを取り出した。警察だ。警察に通報だ。

「よせっ！」

突然、声がした。「下手をすればお前が疑われる。それどころか元カレ殺しもバレるかもしれないぞ」

た、たしかにそうだ……。自分は殺人者でもあるのだ。ソウタはスマートフォンをポケットに戻した。

「だ、誰だよ」

ソウタは周囲を見回した。室内にはソウタの他に誰もいない。窓も閉めたままだから外からの声ではない。

「俺はゾディアック」

声が聞こえてくるという感覚とは少し違う。音声ではない。頭の中で言葉が浮かんでくるような……そんな感じだ。

「ゾディアック……」

ソウタは相手の名前を復唱した。

2

「代官山《だいかんやま》さん、あれ見てくださいよ！」

浜田学《はまだまなぶ》がはしゃいだ様子で前方を指さした。今日もトレードマークである包帯を額に巻いている。包帯の表面には、うっすらと血が滲《にじ》んでいる。

代官山脩介《しゅうすけ》は浜田の指先の方に目を向けた。

「やっぱり本人、来てんじゃないですか！」

ステージに立った女性を見た男性客たちがどよめいた。彼女は「皆さん、こんにちは〜」と笑顔を振りまいている。

「なんなのあの子？」

黒井《くろい》マヤが手のひらを庇《ひさし》にしながら目を細めた。

「姫様、知らないんですか？　ＫＧＢ48の新垣美優《あらがきみゆ》ですよ。人気急上昇で今、一番注目されているアイドルですよ」

「ふぅん……代官様、あんなのがいいんだ」

マヤは呆《あき》れたような視線を代官山に送った。

「だって、可愛いじゃないですか。すれてないピュアな感じがいいですよ」

瓜実顔《うりざね》にアーモンドのような瞳がパチクリとしている。色白の透き通るような肌はマヤに通ずるものがあるが、新垣はつい最近二十三歳の誕生日を迎えたばかりだ。アラサーのマヤより年下である。

「なんで分かんないのかしら。あの子、闇が深いわよ」

新垣美優はＫＧＢ48にメンバー入りした当初はまるで注目されていなかったが、地道にファン交流を深めて人気を伸ばしてきたのだ。どんなときでも笑顔を絶やさず、どんなファンに対しても分け隔《へだ》てなく向き合ってきた。メンバーの中では年長の方だが、二十歳《たち》前の小娘にはない落ち着きがある。

新垣美優がアイドルになったのは、闘病中の母親を支えるためらしい。彼女の家庭は母子家庭で経済的に苦しかったという。母親の入院費を工面するために芸能界入りした、とインタビューで涙ながらに答えていた。そんな彼女の言葉にもらい泣きした代官山は、マヤの物言いが聞き捨てならない。

「どうしてそんなこと分かるんですか」

「目を見れば分かるわよ。どす黒い闇に覆われているじゃない。それにしたっていい歳したオッサンがあんな小娘に熱を上げるなんてキモいわ」

「べ、別に熱なんて上げてませんよ。頑張っている彼女を応援してあげてるだけです。ねえ、浜田さん」

浜田は「美優ちゃーんＬＯＶＥ！」と声を張り上げている。これは口が裂けても言えないが代官山は最近、ファンクラブにも加入したばかりだ。

「ああいう子が惨殺されると絵になるんだけどなあ」

マヤはうっとりした目で彼女を見つめた。

「な、なんてこと言うんですか！」

マヤとコンビを組むようになってから、それこそホラー映画に出てきそうな殺人現場を、何度も見てきた。

そもそも代官山は静岡県警の刑事だった。しかし彼女の手回しによって、半ば強引に警視庁に配属された。そんなことができるのも彼女の父親が、警察庁のナンバー2、警察庁次長である黒井篤郎《あつろう》だからだ。先日も豪華客船リヴァイアサンで顔を合わせたばかりだ。もっともリヴァイアサンにも、拉致《らち》同然の形で乗せられることになったのだが。

そして今日も、マヤのお誘いというわけである。

「世界の未解決事件博覧会」

読んで字の如く、世界中の未解決事件に関する資料や現場の遺留品などを展示したイベントである。ロンドン切り裂きジャック事件、ヒンターカイフェック事件、ブラック・ダリア事件、ゾディアック事件、日本からは三億円事件、グリコ森永事件、世田谷一家殺害事件が扱われていた。

正式な開催は二日後からで、今日は招待客だけが入場できる、プレオープンの日だった。マヤがそのチケットを入手していたというわけだ。いつものように父親が手を回したのだろう。

新垣美優はそのイベントナビゲーターを務めていた。実は代官山がマヤの誘いに応じたのもイベントに赴《い》けば生の美優を拝めるかもしれないと期待したからである。マヤから見せられたパンフに彼女の登壇予定は記載されていなかったが、ＫＧＢ48はこの手のサプライズ演出をよくやる。

「代官山さんの見立てどおりでしたね」

美優ちゃんコールをくり返しながら、浜田が嬉しそうに言った。

「でしょ。絶対に来ると思ってましたよ」

「他の人が小娘に注目している間に、展示物を観に行くわよ。遊びに来たんじゃない、分かってんの」

マヤが代官山のネクタイを引っぱった。実は三人とも勤務中である。上司である渋谷《しぶや》係長からは捜査の知見を深めるためという理由でイベント参加の許可が出ている。つまりこれも仕事のうちというわけだ。

だから浜田もいつものようにバーバリーのコートを羽織っていた。子供のように小柄な体型にはブカブカで、宗教画で描かれる天使のような童顔にまるでなじんでいない。刑事ごっこに興じる中学生のようだ。先日もヤクザの被疑者に凄まれて号泣していた。

そんな浜田であるが、東大卒のキャリアで階級は警部補。巡査である代官山、そして巡査部長であるマヤの上司である。キャリアである彼はこの先、出世の階段を駆け上がっていくのだろう。日本警察の将来が心配になってしまう。

招待客の多くは新垣の立つステージの周りに集まっているため、展示コーナーは閑散としていた。代官山も浜田もステージの方が気になってしまう。しかし展示コーナーに入ると壁に遮られてステージの様子が見られなくなった。それでも新垣の可愛らしい声だけは聞こえてくる。

「仕事ですもんね、しょうがないか……」

浜田を見ると、彼も諦めたように両肩をすぼめた。

「こうして改めて見ると未解決事件ってロマンがありますよね」

浜田はヒンターカイフェック事件のパネルを眺めながらため息をついている。

ヒンターカイフェック事件とは、一九二二年にドイツのバイエルン州で発生した一家五人と使用人一人が殺害された未解決事件だ。

この被害者一家の家長はキャラクターがやたらと立っていて、近親相姦によってできた子供がいたという噂もあった。

しかしこの事件が特異なのは、なんといっても警察の捜査方法である。

「捜査のために被害者の首を切断して霊能者のところに持ち込んだんだって」

マヤが愉快そうに言った。

「いやいや、それって犯人より警察の方がヤバいじゃないですか！」

そんなオカルト捜査が公に行われていたことが信じられない。なんでもその後起きた第二次世界大戦のどさくさで、被害者の首が行方不明になってしまったというオチまでついている。

「まあ、一家全員が殺されて、しかも未解決では、殺された方も浮かばれないわね」

「日本で起きた世田谷一家殺害事件もそうですよね」

浜田が隣のブースを指した。この事件は代官山も知っている。管轄は成城署だ。

犯人は多くの遺留品を残しているのにもかかわらず、いまだに捕まっていない。警察も総力をあげて捜査に当たったはずだ。それなのに捕まらないということは、犯人に尋常ならぬツキがあったのだろう。捜査担当者が一人でも代わっていれば、違う流れになっていたのかもしれない。もしこの捜査本部にマヤがいれば、きっと解決していただろう。三億円事件もグリコ森永事件も。

それほどまでに彼女の洞察力には、驚くべきものがある。彼女はその神がかった推理で多くの難事件を解決に導いてきた。

しかし彼女は真犯人を見通しても、決してすぐには口にしない。そうすれば犯人は早い段階で逮捕されてしまうからだ。つまりそれは新たな犠牲者が生み出されないということである。

黒井マヤ。

彼女がどうして刑事になったのか。警察官僚である父親の影響ではない。

それは殺人現場を見たいから。そう、彼女の関心は殺人現場にある。犯罪者に対する怒りや憎しみではない。罪も憎まないし、人も憎まない。あくまで彼女が求めるのは殺人現場。それも芸術的に洗練された殺人現場である。

そんな彼女はゾディアック事件の現場写真を見つめていた。

「面白い事件だけど、現場クリエイターとしてのセンスはないわね」

「現場クリエイターって……」

代官山は思わず笑い声を漏らしてしまった。たしかに殺人現場の写真はマヤにとっては、ありきたりだろう。死体のポーズ、オブジェや家具などを含む風景との調和、血痕の付き方に至るまでなにかとうるさい。殺人犯はクリエイターであり、アーティストでなければならないというのが彼女の持論だ。

「おっとゾディアック」

浜田が覆面男の似顔絵を見ながら言った。

「知ってるんですか」

「はい、デヴィッド・フィンチャー監督で映画化されましたよね」

「へえ、そうなんだ」

代官山はその映画を観たことがない。ただデヴィッド・フィンチャー監督は知っている。マヤと以前『セブン』を鑑賞したことがある。あれもおぞましい映画だった。

「代官様、あなたもしかしてゾディアックを知らないの？」

「い、いや……名前くらいは聞いたことがあるような」

映画だったか小説だったかゲームだったか忘れたが、記憶の片隅に引っかかっている。

「有名な劇場型犯罪よ」

「へえ！」

劇場型犯罪とはまるで演劇の一部であるかのような犯罪のことだ。世間や社会をターゲットとして、警察やマスコミを巻き込み見世物のように展開していく。

「犯人が仕掛ける劇場型犯罪の元祖は、あのロンドンで起きた切り裂きジャック事件ね。日本だとグリコ・森永事件なんかがそうよ」

マヤはそれぞれのブースを指しながら言った。

「グリコ・森永事件は知ってますよ。すごい事件でしたよね」

グリコ・森永事件については、ルポルタージュを読んだことがあるので知っている。

「あんな事件の担当なんてしたくないですね。なにかと大変そうだし」

そういう事件は、マスコミもいつも以上にうるさいはずだ。少しでも失態なんて犯そうものなら、嬉々としてバッシングしてくる。

捜査を円滑に進めるためにはマスコミ連中を手懐《てなず》ける必要があるが、彼らにも彼らなりの信念や矜持《きょうじ》があって、なかなか難しいのが現状だ。大きな事件が起きれば、早朝や深夜に押しかけてきたりすることもあった。

「ふん、金銭トラブルとか怨恨とか痴情のもつれで起こるコロシのどこが面白いのよ。殺人犯には劇場型犯罪をぶちかますくらいの高い志を持ってほしいものだわ。殺人なんて捕まれば極刑は免れられない。警察との真剣勝負よ。だったら人々の記憶に永遠に刻まれるようなすんごい殺しをするべきよ。殺人事件は一期一会なんだから」

こういうときマヤの口調には熱がこもる。

「一期一会だなんて……」

そのとき代官山のスマートフォンが鳴った。画面を見ると渋谷係長と表示されている。

代官山は着信アイコンをタップすると本体を耳に当てた。

「殺しだ！　すぐに戻ってこい！」

渋谷の怒号が痛いほどに鼓膜に響いた。

3

「いいじゃない〜」

マヤは現場に到着するなり、歓喜の声とともに笑みを浮かべた。

「だから不謹慎ですって！」

いつものように代官山は彼女の耳元で声を尖らせる。一足先に到着して現場保全に当たった機動捜査隊の刑事が訝《いぶか》しげな表情を彼女に向けている。

ここは杉並区の某所に建つ築三十五年の五階建てマンションのリビングルーム。カーテンは開いている。向かいのビルの屋上には企業の名前が記された看板が立っていて、その影がリビングのベランダに伸びていた。

「今日は節分だから、豆でもまこうか」

「いいかげんにしてください」

「ブラウスに染み付いた血痕の付き方を見てよ。アート性が高いわ。瞼《まぶた》もちゃんと開かれていて、パッと見、死んでいるように見えないのも素敵。背景もいいわね。赤い壁紙に赤いカーテン。特にデスクの上の十字架のオブジェ。ライトに照らされて壁に影ができてる。そしてなんといっても、バックに流れるクラシック音楽。こういう美意識を刺激される演出はポイント高いわよ」

　女性はデスクチェアに腰掛けたまま事切れていた。白いブラウスは胸の辺りが血液で染まっており、その模様がほぼシンメトリーとなっている。マヤの評価が高いのもそういった部分だろう。

　デスクの上には土台の上に立つ十字架のオブジェが置かれていて、さらに同じデスクに置かれた小型のスポットライトがそれを照らしていた。その光が死体の背後の壁に十字架の影を浮かび上がらせている。

「これ、犯人が書いたものですかね」

代官山は死体の背後の壁を指した。そこには黒のマジックペンで丸が描かれている。しかし現状では、誰の手によるものなのか分からない。

電話で連絡が取れなくなった彼女の恋人が部屋を訪れたら、すでにこのような状態だったという。恋人は彼女の部屋の合鍵を持っていたが、入室する際に鍵はかかっていなかったという。その男も所轄署で取り調べを受けている。

エントランスに防犯カメラが一台設置されているが、非常階段を使えばカメラを回避できる。この物件には常駐する管理人もいない。もちろん防犯カメラのデータは、管理会社に手配済みである。

「で、何点なんですか」

代官山はささやくような声で聞いた。他人に聞かれるわけにはいかない。

「八十二点ね」

八十点超えはかなりの高評価である。

今回の現場はマヤの琴線《きんせん》に触れたようだ。たしかに死体の置き方や部屋の内装にどことなく映像的な演出を感じる。まるで撮影を意識したかのような光景だ。

そして浜田は……見当たらない。つい先ほどまで一緒についてきたはずだ。

刑事のくせに死体が苦手な彼は、どこかに隠れているのだろう。とはいえその方が賢明だ。不注意で重要な証拠を踏んづけたり、嘔吐《おうと》して現場を汚されるよりはずっとましだからだ。

それに、マヤが彼になにをしでかすか分からないのも気になる。この前も足を引っかけて、転倒させていた。そのはずみで浜田は仰向けの死体と接吻《せっぷん》する羽目になったのである。それも相手は腹の突き出たおっさんだった。さらに言えば死体は腐敗を始めていた。人類史上稀に見るおぞましい接吻だ。ホラー映画でもなかなか見られない。

「死因は失血死だね」

死体を検分していた鑑識制服姿の青年が立ち上がった。牛乳瓶を思わせる度の強いメガネに小太りな体型、異様にボリュームのあるヘルメットのような髪型。

どこかで見たことがある……。

「あら、駒田《こまだ》っちじゃない」

「ああ、黒井さん」

彼はニコリともせずに返した。

思い出した。本部の鑑識の人間だ。マヤと同期で年齢も同じ。そして生粋のホラー映画マニアでもある。なにかと彼女とは話が合うようだ。

「頸部《けいぶ》をこんな感じ？」

マヤは自分の首筋に指先を滑らせた。

「そう。手足は椅子に固定されている。そして瞳を開いたまま腰掛けた状態で絶命している。そしてこの赤を基調とした部屋の内装。ダリオ・アルジェント監督の映画のワンシーンみたいだね」

「そうなの！　犯人は絶対にダリオを意識しているわね」

マヤは声を弾ませた。

「ていうか、他人に見せることを意識した現場になっていると思うんですけど」

「へぇ、代官様。あなたも殺人現場というアートを分かってきてるじゃん」

マヤは代官山の背中をはたいた。

「分かってなんかないし、そもそもアートじゃないし」

「他人に見せることを意識した、という見解には僕も賛成だな。犯人はこの現場を通してなにかを伝えようとしている」

駒田が頭をゆっくりと上下に動かしながら言った。彼もどうやらマヤと同じ人種のようだ。

臨場するとマヤの一挙一動に注意を向けなければならない。

まずはなんといっても浜田の生命の安全確保だ。彼女の浜田に対する仕打ちは彼の生命に関わるレベルである。もはやパワハラを超えている。

今日も浜田は額に包帯を巻いているが、あれもマヤのデコピンによるものだ。彼女は指先にカミソリかなにかを仕込んでいるのか、デコピンが炸裂《さくれつ》すると浜田の額はまるでスイカを割ったようにパックリと裂ける。今朝も医務室で八針縫ってきたという。そんな目に遭いながらも浜田はマヤのことを「姫様」と呼びながら離れようとしない。その鋼の忠誠心だけは評価に値する。

そしてもう一つ、マヤには注意しなければならないことがある。

彼女は筋金入りの殺人現場マニア。そんな彼女にとって現場は宝物庫同然だ。血液の付着した凶器、切断された指や肉片、被害者の指輪やイヤリングなどのアイテムは、なにものにも代えがたい価値あるアイテムなのである。信じられないことだが、こういったアイテムは闇のマーケットで取引されているという。マヤも父親のクレジットカードを使ってそれらのアイテムを買い漁っているようだ。

なんともおぞましい話だが、そんなことを報告しようものなら、明日までには人知れず消されてしまうだろう。警察庁次長である黒井篤郎がその気になれば代官山の一人や二人、完璧に処理するのは難しいことではない。この先、数十年にわたって代官山の死体が人目に触れることはないだろう。

そんなわけで臨場したマヤの行動には、常に目を光らせている。油断をすれば現場から「アイテム」を失敬してしまうからだ。この前も被害者のちぎれた耳をポケットに収めようとするところを直前で食い止めた。そのことを責めると彼女は「だって壁に耳ありって言うじゃない！」と意味不明な釈明をしながら舌打ちをした。もちろん反省なんて期待していない。

「たしかにメッセージ性を感じる現場だわ。これは面白いことになりそうね」

そう言うマヤの瞳がキラリと光った。

「黒井さん、犯人の目星がついたならこっそりと教えてくださいよ」

「バッカじゃないの。なんで私に犯人が分かるのよ」

さすがに時期尚早か。彼女は常人離れした洞察力を持っている。しかし真相を看破しても上司はもちろん代官山にも漏らさない。彼女の関心のベクトルはあくまでも殺人。犯人が捕まらなければさらに殺人死体が増えていく。それは現場やアイテムを堪能できる機会が増えるということだ。

「それにしてもこのクラシックは、なんなんですかね」

代官山はチェストの上に置いてあるCDデッキを指さした。現場は発見当初のまま保全されている。だからスポットライトも点灯しているし、音楽も鳴ったままだ。ちなみにCDはリピートされるように設定されていた。音量は近所迷惑にはならない程度だ。

「ヴァイオリンソナタ第9番イ長調作品47『クロイツェル』。ルートヴィヒ・ヴァン・ベートーヴェンが一八〇三年に作曲した楽曲ですよ」

いつの間にか浜田が部屋の入口に立っていた。どうやら外の廊下で吐いていたようだ。口元に付着した吐瀉物《としゃぶつ》が光っている。そんな彼に駒田はそっとハンカチを渡した。

「ありがとうございます」

受け取ると口元を拭《ぬぐ》ってから、それを返そうとした。

「いらないです」

駒田は顔をしかめながら手を横に振った。

「さすがは東大卒の博識ね」

マヤは浜田に向けて小さく拍手を送った。

「この曲は当時イギリスのプリンス・オブ・ウェールズ、後のジョージ四世に仕えていたジョージ・ブリッジタワーがウィーンで演奏会を行うために急ごしらえで作曲されたものなんですよ」

気を良くした浜田が得意気に蘊蓄《うんちく》を傾けるが、マヤは「ふうん」とにべもない。

「この曲に意味があるのかな」

駒田が首を捻《ひね》っている。

「わざわざ音楽をリピートさせているくらいだから意味があるんでしょうね」

このベートーヴェンの楽曲になにが隠されているのだろう。楽曲について、調べてみる必要がありそうだ。

「今回は手応えがありそうよ。明日にでも帳場が立つわね」

「ですね……」

こういうことに関してマヤの勘は外れない。

彼女の言うとおり、次の日の夕方には所轄である杉並南署に捜査本部が設置された。

4

次の日。時刻は午後五時を回っている。

杉並南署の大会議室は物々しい雰囲気だった。入口には「杉並女性動画配信殺人事件特別捜査本部」と達筆な筆文字で書かれた看板が掲げられていた。いわゆる戒名《かいみょう》だ。

雛壇《ひなだん》には捜査一課長の築田信照《ちくたのぶてる》、参事官の大友晴彦《おおともはるひこ》、理事官の石川尚安《いしかわなおやす》、代官山の上司である三係係長の渋谷浩介《こうすけ》、杉並南署署長の竹林豊《たけばやしゆたか》、また同署刑事課の大橋一夫《おおはしかずお》と錚々《そうそう》たるメンバーが、五十人以上の刑事たちに向き合っていた。

また雛壇には紅一点である白金不二子《しろがねふじこ》の姿もあった。

「あちゃ〜、またあのオバサンか」

マヤは雛壇から顔を背けた。そんな彼女に白金は厳しい目つきを向けている。

白金はマヤの母校である黒百合女子学園のＯＧであり、彼女の先輩だ。年齢は四十歳。きつめの凜《りん》とした整った顔立ち。肩にわずかにかかる真っ直ぐに伸びた黒い髪を真ん中で分けている。グレーのスーツは小柄な体型にきれいにフィットしている。相変わらずクールな見た目だ。彼女の階級は警視。そして今回の事件を実質的に取り仕切る管理官である。

代官山たちは彼女の駒となって靴の踵《かかと》をすり減らしながら情報を集めてくる。その情報を基に、彼女が捜査方針を決定していくわけである。

そんな白金はマヤとは少なからず確執がある。しかし代官山は白金のことは嫌いではない。むしろ女性として惹かれるものがある。ちなみに彼女の父親も、かつて警視庁の刑事で同じ刑事部の管理官を務めていた。

それから間もなく、幹部たちによる訓示が始まった。とはいえそれぞれの内容は極めて短い。今回の司会進行は渋谷係長が担当した。なにかと事なかれ主義で出世してきた上司だが、司会進行役だけは他の追随を許さない。本人も自覚があるようで部下の結婚式や二次会など、やたらと司会を引き受けたがる。

「お姫との結婚式の仕切りは俺に任せろ」と、飲み会のたびに言われている。お姫が誰なのかは言うまでもない。

「そしてつい先ほど犯行現場を撮影した動画がネオチューブにアップロードされていると通報が入った。アップロードされたのは一昨日だ。こちらはどうやら犯人が撮影したものらしい」

刑事たちがどよめいた。その中には代官山も浜田も含まれている。

「まずは動画を見てもらいたい」

「へえ、楽しみだわ」

マヤの顔には「ワクワク」の文字が躍っている。いかにも彼女好みな展開だ。

渋谷が合図すると、雛壇の横に設置されたスクリーンにプロジェクターの動画が投写された。現場には被害者である女性が座っている。ブラウスを血で染めているが、かすかに頭が揺れている。どうやらまだ生きているようだ。

スポットライトがデスクの上の十字架のオブジェに光を当てて、背後の壁紙に影を作っていた。その影がちょうど壁にマジックペンで描かれた丸と重なっている。そしてベートーヴェンの楽曲がバックに流れていた。

そのとき人影がカメラの前を横切った。一瞬なので腰の辺りしか見えなかった。

今度は画面に黒革の手袋をはめた手が大写しになった。その手はこちらに人差し指を向けた。カメラは小刻みに手ブレしている。

「皆さん、初めまして。私の名前はオズです。『オズさん』と呼んでください」

幼女のような可愛らしい声が話しかけてきた。とはいえ、人間の生の声ではなく電子的に合成された声だ。抑揚やアクセントがなく、完全に棒読みである。

「ネオチューブのゲーム実況なんかで使われている電子音声ですね」

浜田に言われるまでもなく、代官山もその声は知っていた。暇つぶしにネオチューブを視聴することが多い。この電子音声は多くのチャンネルで使われている。電子音声を使えばチャンネル主は匿名性を保つことができる。ネオチューバーであることを学校や職場に知られたくない人たちにとって、便利なツールだ。専用のアプリケーションを使い、字幕を打ち込めば電子音声が音読してくれる。発音は抑揚に乏しくて機械的だがそれがウケていたりする。

「わたくし、オズさんはこれから殺戮《さつりく》ゲームを開始します。ターゲットは七人の若い女性です。これは挑戦状です。捜査一課三係の黒井マヤさん」

突然、動画の声はマヤを名指しした。刑事たちが一斉に彼女の方を向いた。彼女は目を白黒させている。

「な、なんなのよ」

「警視庁随一の名探偵であるあなたなら、私を捕まえられるはずだ。ヒントはすべて映像の中にある。それらをすべて読み取ることができれば私の正体を知ることができる。さあ、黒井マヤさん。私の正体を暴いてみたまえ。ワハハハハ……」

そこで画面がフェードアウトして真っ暗になった。その間、ずっとベートーヴェンの楽曲が流されていた。

幼女が棒読みしているような電子音声なので、緊張感が皆無だ。子供のイタズラではないかと思えてしまうが、現実に若い女性が一人殺されているのだ。

「以上が昨日からアップされていた動画だ。再生時間は十九秒。動画を見て気づいたかもしれないが、若干早回しされているようだ」

それは代官山も感じていた。画面のブレ具合が小刻みにチャカチャカしていた。

「な、なんで黒井さんなんですか!?」

「そんなのこっちが聞きたいわよ」

周囲は訝しげにマヤを見つめている。彼女は舌打ちをしながら周囲を睨《にら》みつけた。

「警視庁随一の名探偵って言ってましたけど」

「私は刑事よ、探偵じゃないわ」

「ですよねぇ……」

代官山は虚空を見上げた。

マヤの性格からして、彼女のことを憎んでいる人間は少なくないだろう。

しかし、いくら彼女への当てつけだとしても、殺人なんて大それたことをするとは思えない。ただ、マヤの人間離れした洞察力は警視庁内でも有名になりつつある。そんな噂をどこからか聞きつけた人物が挑戦心を焚きつけられたのかもしれない。

「十九秒……」

マヤのつぶやきが聞こえた。十九秒とは動画の再生時間だ。

「なにか意味があるんですかね」

「さあ……犯人は十九秒に合わせるために再生速度を調整したんじゃないかと思っただけよ」

マヤは両手を広げながら肩をすくめた。

「あ、でもそれってあり得ますよ」

しかし、その十九秒にどんな意味があるのか分からない。

「それにしても『オズさん』ってなんなんですかね。自分のことをさん付けするなんておかしいですよ」

浜田の指摘は代官山も感じていた。さらにその名前には引っかかるものがあった。現場はカーテンが開いていて外の風景を眺めることができた。向かいのビルの屋上に立つ看板に書かれていた企業名に「小津」が入っていた気がする。単なる偶然だろうか……。

「静粛に！」

動画が終わってざわつき始めた刑事たちを渋谷が鎮めた。

「現状、分かっていることだけを報告しておく。被害者は神野美琴《かみのみこと》、二十四歳。デザイン会社『パピヨンカラー』勤務。勤続二年で勤務態度に問題なし、トラブルもなかったようだ。現場となったマンションは賃貸で、こちらもちょうど二年前に入居している。家賃の滞納なし、住人トラブルも認められない。銀行口座の金の動きも不審な点はなし。大きな借金もない。分相応な生活を送っているといえる。もちろん前科もない。真面目に実直に生きてきたお嬢さんだ」

渋谷にも年ごろの娘がいる。理不尽に娘の命を奪われた両親の気持ちを推し量ったのだろう。悼むような表情を向けている。

「黒井マヤ巡査部長！」

突然、白金が立ち上がってマヤに呼びかけた。突き刺さるような声だ。

「はぁい」

彼女はまたも舌打ちをすると、嫌々と言わんばかりにのんびりと立ち上がった。

「犯人はあなたを名指ししてます。なにか心当たりは？」

「私のファンじゃないですか」

マヤは鼻で笑った。

「ふざけないできちんと答えなさい」

「まあ、いいんじゃないですかぁ」

「なにがいいんですか？」

「本件は明らかに劇場型犯罪です。年増のおばさんを名指しするより、頭脳明晰《めいせき》で若くて美形の女刑事を名指しした方が映像的に映えるでしょ。映《ば》えですよ、映え」

渋谷が噴き出しそうになって口元を押さえた。白金の眉間《みけん》に深い皺《しわ》がくっきりと浮かんだ。

「た、たしかにこれは劇場型犯罪と言えますね」

渋谷がすかさずフォローした。そして代官山に向けて「なんとかしろ」と目配せを送ってくる。

「黒井さん、あんまり挑発しないでくださいよ」

代官山は小声で諫《いさ》めた。

「大丈夫よ。今回は私がキーパーソンなんだから。私が協力しなかったら困るのはあちらの方よ」

代官山はため息をついた。

「本当に心当たりがないのですね？」

「ありません」

マヤは白金に向けてはっきりと答えると着席した。どうやらそれは本当のことらしい。

「劇場型犯罪か……」

昨日の未解決事件博覧会でも、いくつかの劇場型犯罪が紹介されていた。それらの事件は主にテレビやラジオや新聞を通して人々に情報が伝えられていたが、今回使われたのがネオチューブであるところがいかにも現代的だ。

代官山はスマートフォンを取り出すとツイッターを立ち上げてみた。トレンドワードにはさっそく「オズさん」「犯行声明」「ネオチューブ」そして「黒井マヤ」といった単語が並んでいる。トレンドワードとは多くの人間が検索する際に入力したキーワードだ。

世間はネオチューブにアップされたオズさんの動画で早くも騒動になっている。

〈あと六人も若い女性が殺される！〉

〈カノジョが心配だ〉

〈娘に連絡が取れない！〉

〈次に殺されるのは誰だ？〉

悲鳴にも似たツイートがものすごい速さでタイムラインを流れていく。騒動というよりも、もはやパニックだ。それはそうだろう。犯人は犯行予告をしているのだ。該当する若い女性にとっては恐怖以外の何物でもないだろうし、彼女たちの両親や恋人にとってもそうだ。

そうかと思えば〈マヤたん、かわいい〉〈黒井マヤとなら結婚してもいい〉〈めっちゃ好みなんですけど！〉〈彼女に逮捕されたい〉とマヤを愛でる書き込みも同じくらい多い。どこから引っぱってきたのか、マヤの写真が貼りつけられている。さすがにこれは本人に見せない方がいいだろう。

「いいか、諸君！　警察の威信にかけてこれ以上、犠牲者を出すわけにはいかない。そして世間はこの事件に大いに注目している。各自気を引き締めて捜査に邁進《まいしん》してくれ」

築田信照一課長の言葉で最初の捜査会議は締めくくられた。

白金がキッとした目つきをマヤに向けている。さっさと会議室を出ていったマヤのあとを、代官山と浜田は慌てて追った。

5

捜査会議が解散して三十分後、マヤたちは再び現場に立っていた。

代官山は気になっていたことを確認するために、ベランダに出た。

向かいのビルの屋上に立つ看板。

「小津酸株式会社……」

動画の中で犯人が名乗った「オズさん」。この名前を聞いて看板を思い出したのだ。その中に「小津」があったからである。

「あら、代官様にしては目の付けどころがシャープよね」

「どっかで聞いたことがあるフレーズですね。それはともかく、黒井さんも気になっていたんですね」

「うん……オズさんだからね」

さすがはマヤだ。彼女も看板を見逃していなかった。

「オズさんって小津酸のことじゃないですかね」

「代官様にしては目の付けどころが……」

「もういいですって！」

「浜田くん、あの会社調べてみて」

マヤは浜田に指示した。

浜田さんの方が上司なんだけど……。

しかし浜田は妙に嬉しそうな顔をすると、コートの大きめの内ポケットからタブレットを取り出して検索をかけた。

「えっと……山口市にある会社ですね。高圧ガスや液化石油ガスの販売をしているそうです。本社は山口市で他に支店が三つありますけど、すべて山口県内です」

「東京にはないの？」

浜田はタブレットの画面をこちらに向けた。小津酸株式会社のサイトにある、会社概要のページだった。本社住所、設立年、代表者、資本金、従業員数などが掲載されている。典型的な地方の中小企業だ。

「ないみたいですね。ちなみに調べてみたけど同名の会社はありません」

浜田はタブレットに目を通しながら言った。

「山口県にしかない会社がどうして東京のこんなところに看板なんて出すんだろう」

看板には会社名と「エネルギーが生活を豊かにする！」というキャッチコピーが記されているだけだ。住所も電話番号も、サイトのＵＲＬもない。実にシンプルな看板だ。

「オズさんと名乗ったのは偶然か、それとも必然か……」

マヤが念仏のように唱えながら部屋に戻った。もしかしたら犯人は外の看板を見て、気まぐれに「オズさん」と名乗ったのかもしれない。もしそうなら、名前にはさほど意味がないということになる。

「あの看板、まだかなり新しいですよね」

ここから見ても表面に光沢があってツルツルしているのが分かる。

「山口のそれも中小企業が、こんな離れた場所に看板を出すって変よね」

「場所的にも看板を出す意味がないですよ。この界隈の会社や人々が、わざわざ山口の会社から高圧ガスとか液化石油ガスを購入するなんて思えない」

考えれば考えるほど、不自然に思えてくる。

「とりあえず直接聞いてみればいいんじゃない？　ほら、浜田くん、電話して」

「は、はい！」

浜田はスマートフォンを取り出すと小津酸株式会社の電話番号を打ち込んだ。

だから、浜田さんは上司だってば！

相手が出たようで、浜田は看板についての質問を始めている。一通り話が終わると、彼は通話を切った。

「妙ですね」

「どういうこと？」

マヤは胸の前で両腕を組みながら尋ねた。

「広報部にも確認してもらったんですけど、東京に看板なんか出してないそうです」

「マジですか」

代官山は再び看板を見た。

ではいったい誰があの看板を立てたというのか。

「あの看板を扱っている会社に聞いてみますか」

浜田の提案にマヤは頷《うなず》いた。

さっそく三人は外に出ると向かいのビル、杉並グリーンビルの管理人に問い合わせた。すると屋上の看板は「グローバル広告社」が仲介していると、担当者の名刺を見せてくれた。

グローバル広告社はビルから二百メートルほどしか離れていない、年季の入った雑居ビルの二階に入居していた。中に入ると部屋は狭く、ファイルや書類が乱雑にデスクの上に積まれていた。

中年の女性事務員が対応したが、警察手帳を見せると少し驚いたような表情になった。担当者の名刺には「大谷博史《おおたにひろし》」と印字されていたので、その人物を問い合わせると、外回りに出ているという。十五分もすれば戻ってくると言うので、中で待たせてもらうことにした。

それからきっかり十五分後に大谷博史が戻ってきた。五十代の、前髪の後退が気になる男性だった。がっしりした体格で、外回りが多いためか肌が小麦色に焼けている。

代官山たちは身元を明かすと、杉並グリーンビルの屋上に立つ看板について話を聞いた。もちろん事件の詳細は伏せてである。

「あそこは立地がよろしくないこともあって、なかなか借り手がつかなくて困っていたんです。だから小津酸株式会社さんはねぇ、ありがたいですよ」

大谷は事務員の女性が淹《い》れたお茶を口に含んだ。

「どういう経緯での契約となったんですか」

「それがちょっと変わってましてね。本社が山口にあるから、担当者が来られないと。だからすべてメールでのやり取りでした。看板のデザインもＰＤＦファイルで送られてきました。まあ、シンプルなデザインですからね」

「賃料はどうだったんですか」

浜田が尋ねる。

「一年分を前払いしてもらってます。現金を封筒に入れて普通郵便で送ってきましてね。さすがに担当者さんの常識を疑いましたけど、こちらとしてはお金さえ入れば問題ありません」

大谷は呵々《かか》と笑った。

「その担当者が本当に小津酸株式会社の人間なのかどうか、確認はしなかったんですか」

「いや……してませんね。その担当者とのやり取りだけです」

代官山たちは顔を見合わせた。

「とりあえずやり取りのメール全部を確認させてもらえませんか」

「いいですよ」

大谷はノートパソコンを広げるとメールソフトを立ち上げた。四回ほどのやり取りがあったようだ。先方の担当者は田中太郎と名乗っている。代官山は田中太郎のメールアドレスをメモした。

代官山たちは礼を言ってグローバル広告社を辞去した。

「どうやら犯人はわざわざあの広告を出したようね」

マヤが歩道を進みながら言った。

「そんなことをしてなんの意味があるんですかね」

「意味があるのよ。オズさんは言ってたでしょ。『ヒントはすべて映像の中にある』って」

「ふざけやがって！」

代官山は小石を蹴飛ばした。

看板広告のことを渋谷に報告してから現場周辺の聞き込みに回ったが、これといった情報を得ることはできなかった。


次の日は早朝から捜査会議だった。隣に座るマヤは欠伸《あくび》をしている。

「黒井さん、管理官が見てますよ」

代官山はマヤの腕に肘《ひじ》をぶつけた。

雛壇に着席する白金はマヤを睨みつけていた。

「老人は朝に強いのよ。まったく迷惑な話だわ」

彼女は不満そうに言った。いつもながら朝に弱い。代官山は今朝は六時起きだった。

しかし会場は刑事たちの熱気に包まれている。

「それでは次！」

白金の隣に着席している渋谷が指示すると刑事の一人が立ち上がった。

昨夜までに集まった情報を報告する。彼は第一発見者であり被害者の恋人である瀬川《せがわ》正孝《まさたか》について報告した。本人のＳＮＳやメールを確認したところ、被害者との間に痴情のもつれといったトラブルは認められなかったという。

監察医からは死因や死亡推定時刻などの情報がもたらされた。それによると犯人は、被害者である神野美琴の部屋に忍び込むと背後から鈍器のようなもので後頭部を殴りつけた。気絶した彼女を椅子に座らせて手足を固定したと思われる。

すると先ほど瀬川正孝について報告した刑事が立ち上がって、その時刻における瀬川正孝のアリバイも確認されているとつけ加えた。

だからといって容疑者候補から外されるわけではない。今後も注意深くマークしていく必要がある。

「ネオチューブ方面はどうだ」

雛壇の渋谷が声をかけると、ネオチューブの担当班の一人が立ち上がった。

「発信元のＩＰアドレスを調べたところ、渋谷にある、『オクトパスカフェ』というカフェが設置しているフリー Wi-Fi であることが分かりました。アップロードされたのは二月二日の午後三時十五分です」

二月二日は死体が発見された日の前日だ。それは監察医の報告した死亡推定時刻ともほぼ一致する。

「犯人はそこの客じゃないのか」

「それが、電波は店の外まで届いているので、必ずしも客であるとは限りません。接続にはパスワードも求められないので、受信圏内であれば誰でも接続できます」

「特定はできそうか」

「現在、店の防犯カメラの映像を調べてます。またオズさんのネオチューブのアカウントですが、こちらはどうやら使われていない幽霊チャンネルを乗っ取ったもののようです。アカウント主は石橋道夫《いしばしみちお》、渋谷区在住で三十三歳の会社員です。本人によればアカウントを取得したことすら忘れている状況でした。犯行時刻におけるアリバイも確認できました」

　都心の客の出入りが多いカフェのフリー Wi-Fi が使われていたとなると、発信者を特定するのはかなり困難だ。本件の犯人、オズさんは相当に用意周到かつ計画的に犯行を進めていると思われる。そんな人物のことだから、店に防犯カメラがあることも把握しているはずだ。電波が店外にも届いているのなら、外から接続すればいい。それだと店の防犯カメラは役に立たない。発信元から犯人を特定するのは不可能だと思う。

　そのことをマヤに話すと彼女も同意した。

「私を名指ししてるのよ。こんなところで捕まるはずがないじゃない」

それからも次々と刑事たちが報告を上げていった。オズさんがベートーヴェンの楽曲を流した意図は、まだ不明だという。担当刑事たちはベートーヴェンの研究者にも話を聞きに赴いたらしいが収穫はなかったようだ。

「次、現場向かいのビルの広告看板について」

今度は浜田が立ち上がった。

「小津酸株式会社は、グローバル広告社にあのような広告看板をオファーしたことを否定しています。広告をメールでオファーしてきた田中太郎という人物は、社員の中にはいないようです。その田中太郎の身元は現在捜査中です。また被害者と小津酸株式会社との間にはまったく接点がありません」

これは被害者の家族や知人に聞いたのだが、彼女は山口県とはまるで地縁がないそうだ。立ち寄ったという話も聞いたことがないという。

浜田は「以上です」と締めくくって着席した。周囲からはうなり声が上がった。

「犯人のオズさんがあの看板をオファーしたと思われる。そんな手の込んだことをする以上、なにか意図があるはずだ。動画でも窓の外に一部とはいえ映っているからな」

渋谷の言葉に刑事たちは頷いている。

気がつけば隣でマヤがなにやらスマートフォンの画面を見つめている。

「小津酸株式会社のサイトじゃないですか」

サイトには「Acid OZ」と洒脱なアルファベットで会社名がデザインされていた。

「Acidが酸の意味だから小津酸というわけか。なんでも横文字にすればいいってわけじゃないですよ」

代官山は鼻を鳴らした。しかしマヤはそれには答えず、しばらくサイトを見つめていた。

それからもいくつかの報告が続いて会議は終了した。

「早く犯人を捕まえないと、次の犠牲者が出てしまいますよ」

代官山は会議室の外に設置された自動販売機にコインを入れているマヤに声をかけた。

また彼女はミルクほうじ茶スカッシュを買い占めるつもりだ。彼女はそれを愛飲している。三百五十円もするうえに「くっそマズい」と噂の缶飲料だ。実際に購入している人を他に見たことがない。外ではあまり目にしないが、どういうわけか各警察署の自販機で見かけることが多い。これもマヤの父親の力だろうか。

「まあ、それはしかたがないんじゃない？　オズさんはヒントを小出しにするつもりよ。現時点ではいくらなんでもヒントが乏しすぎる。犯人を特定するなんて超能力者でもない限り無理よ。つまりそれって被害者を増やすしかないってこと」

マヤはプルトップを開けながら人ごとのように言った。

「そ、そんな……。それを未然に防ぐのが俺たちの仕事じゃないですか」

「犯人が大きなミスでもしてくれなければ、難しいでしょうね」

彼女は缶に口をつけると美味《おい》しそうに飲んだ。その口調もどことなく嬉しそうだ。

犯人からの挑戦など、彼女にとってはどうでもいいことなのだ。彼女が求めるのはあくまでも殺人現場。犯人がどこの誰で、次に誰が殺されるかなんて興味がない。

マヤは楽しみに待っているのだ。オズさんが演出する芸術的な殺人現場の数々を。血《ち》糊《のり》でデザインされた若い女性たちの死体の数々を。

当然のことながらマヤは真相を解明しても、そのことを誰にも告げないだろう。ギリギリまで犯人を泳がしておくはずだ。それだけはなんとしてでも食い止めなければならない。

そのためには代官山がマヤから推理を引き出さなければならない。それが難しければ、彼女の推理したことを推理するのだ。

「ああ、やっぱり今回もいつものパターンか」

「どうしたの？」

頭を掻きむしる代官山を見て、マヤは瞬《まばた》きをくり返した。

「うわぁ、マジかぁ！」

突然、スマートフォンを眺めていた浜田が声を上げた。

「どうしたんすか」

「とんでもないことになってますよ！」

浜田のスマートフォンの画面にはネオチューブが表示されている。サムネイルが並んでいて、彼はそのうちの一つを示した。

動画のタイトルは「オズさんからの挑戦状２」となっている。先日のタイトルは「オズさんからの挑戦状」だった。

動画をスタートさせると、若い女性がソファの上でぐったりとしていた。唇が震えているから、まだ生きているのだろう。しかしＴシャツの腹部が真っ赤に染まっている。

そして画面には黒革の手袋をはめた手が現れた。その手はこちらに人差し指を向けた。

「やあ、オズさんだ。やっとこの動画を見つけてくれたようだね。そして警視庁の黒井マヤさん。早く私を捕まえてくれ。私の正体は動画の中に隠されているぞ。ヒントはたくさんだ。早く私を捕まえないと次の犠牲者が出るぞ。私にたどり着くことができるかな」

前回と同じ電子音声だ。まるで幼女が棒読みしているようである。その無機質さが不気味に感じる。そして今回もマヤを名指しで挑発している。

カメラはゆっくりと動いて女性や部屋の様子を映し出している。テーブルの上に載せられたノートパソコンが画面の端に映っている。

「小津酸株式会社のサイトですよ！」

ノートパソコンのモニターには、先ほどマヤが見ていた小津酸株式会社のサイトのトップページが表示されている。

「それだけじゃないわ。書棚に十字架のオブジェが置いてあった。前回もあったわ」

「マジですか！」

それから間もなく動画は終了した。

代官山は今一度、動画を今度は０・２５倍速にして再生した。先ほどより動画の速度が四分の一になっている。

「これですね！」

今度は代官山も見逃さなかった。書棚のボックス状に仕切られたブースの一つに、前回と同じく土台付きの十字架のオブジェが置かれていた。

「背後には輪っかのマークよ」

オブジェが置かれたブースの背面板には、マジックペンで描かれた丸印が認められた。

「窓の外に見える煙突。文字が書いてありますよ。最後の文字が『湯』と読めます」

煙突は窓から少し距離があり、さらに画質の問題から煙突に書かれた文字は判然としない。それでも目を凝らしてみると、浜田の言うとおり最後は「湯」に見える。

「どうやら銭湯の煙突のようね。これだけの情報があれば、早いうちに現場の所在地を特定できそうね」

それからも動画をリピートして確認する。

マヤの言うとおり、現場の所在地はそれから五分後には判明した。視聴者が動画のコメント欄に書き残してくれたのだ。近所の住民か、それとも同じ建物に住む人物だろうか。

「さすがはネット民。情報が早いですね」

浜田が感心した様子で言った。

「再生数がスゴいことになってる」

ネオチューブでは、再生数がリアルタイムに表示されていく。その数字がものすごい勢いで増えていった。ほんの数分で二万も増えた。

「今回も十九秒……」

代官山はマヤのつぶやきを聞き逃さなかった。彼女の一挙一動に注意を向ける必要がある。なにより彼女が真相を看破した瞬間を逃してはならない。

「十九秒って再生時間ですよね。それに意味があるんですか」

前回の動画も十九秒だった。

「どうかしらね」

「今回も動画が早回しされているみたいです。黒井さんが言ったとおり、その時間に合わせて動画速度が調整されているんですかね」

「私にはさっぱりだわ」

マヤは投げやりな様子で両手を広げた。

それでもこの動画で分かったことがいくつかある。まずは十字架のオブジェは、犯人が用意したものであること。そしてその背後には丸印が打たれている。次に小津酸株式会社。犯人はオズさんと名乗っていることから、この会社にはなにか意味がある。

しかし前回と違う部分もある。今回は音楽が流されていない。あのベートーヴェンの楽曲は、なにを意味していたのだろう。ただのミスリードだろうか。

「また姫様がツイッターでトレンド入りしてますよ」

浜田がスマートフォンを向けた。たしかにそこには「黒井マヤ」の文字が掲載されていた。彼女に対するツイートも読み切れない速さで流れていく。まさにマヤは時の人になっている。

「まったく……面倒なことになったわねぇ」

彼女は大きく息を吐いた。

「代官様、ちょっといいか」

背後から声がしたので振り返ると、渋谷が手招きをしている。代官山はマヤたちから離れて渋谷に近づいた。

「係長、ネオチューブ観てください。第二の被害者が出ましたよ」

「ああ、分かってる」

渋谷はソワソワした目つきで周囲を見回した。「お姫さんはなんて言ってる？」

やっぱりそういうことか……。

「さすがにまだなにも……でも動画の再生時間を気にしていたようです」

「再生時間？　なにかあるのか」

「分かりません。まだ情報が少なすぎて、さすがの黒井さんでも犯人特定には至ってないと思います」

「そうか……今回はお姫さんが名指しされている。よりによって警察庁次長の娘だ。そこへ持ってきてマスコミも大いに注目しているからな。下手を打つわけにはいかないぞ」

渋谷はひっきりなしに両手で顔に触れている。

上司なんだから少しは落ち着けと言いたくなる。事なかれ主義で出世してきた彼は、自分の立場を脅《おびや》かしかねないこの手のプレッシャーに弱い。

「ですよねぇ……」

「代官様、お前の役目は分かってるよな」

「はいはい……黒井さんから推理を引き出すんですよね」

「言うまでもないが責任重大だぞ」

「いつものことですよ」

投げやりな気持ちが、つい口調に出てしまった。

「いいか。彼女のことをアヌーク・エーメだと思って扱え」

「いや、その人知らないっす」

「なんだ、『男と女』を知らないのか」

「知らないっすね」

「フランス映画でラブロマンスの傑作だぞ」

「そうなんですか」

初めて聞いたタイトルだ。どうやら古い映画らしい。

「とにかくお姫を徹底的におだてまくって、いい気分にさせて推理を引き出せ。モタモタしてると三人目の犠牲者が出てしまう。そんなことになったら世間も黙ってはいないぞ」

「わ、分かりましたよ」

世間やマスコミの風当たりが強まれば、なにかと仕事がしにくくなる。

「それと捜査本部が本庁に移されることになった」

「マジですか!?」

「おそらくパパの意向もあるだろうが、犯人は警察への挑戦を大々的に表明しているからな」

通常、捜査本部は事件が最初に発生した所轄署に置かれることがほとんどだが、稀に桜田門の警視庁に設置されることがある。主に都道府県を跨《また》ぐような広い範囲で行われる犯罪の場合だが、今回は特例中の特例だろう。渋谷の言うとおり、マヤの父親がそう指示した可能性が高い。

「警察の威信がかかってますからね。上も本気なんでしょう」

「本気も本気だ。ああ、なんで俺たち三係ばかり、毎回こうもドラマや映画みたいな事件に当たるかなあ」

渋谷は頭を抱えた。きっとそれはマヤのせいだ。彼女が猟奇的で残虐な事件を引き寄せているのだ。もっとも最終的に解決しているのも彼女自身であるからマッチポンプといえる。

背中を丸めてうろたえる渋谷が気の毒に思えてきた。

「最善を尽くします」

「マジで頼んだからな」

渋谷は代官山の肩を叩くと足早に去っていった。

代官山たちは桜田門の警視庁本部、六階の会議室にいた。先ほど、夜の捜査会議が終わったところだ。

今朝の捜査会議のあと、ネオチューブに第二の殺人動画がアップされていると通報が殺到した。動画は前日の二月四日にアップロードされていたようだ。発信元を調べたところ、今度は池袋繁華街にある店のフリー Wi-Fi に接続してアップロードされていた。

担当刑事は前回の渋谷のカフェ同様、発信者の特定は極めて困難であると報告した。繁華街ということもあって、とにかく通行人が多いため無理もないだろう。防犯カメラに映った人間全員を割り出しての聞き込みなんて現実的ではないし、不可能だ。

だからこそ犯人は繁華街のフリー Wi-Fi を利用したのだ。自宅やネットカフェの回線を使えば簡単に特定されてしまう。おそらく犯人は周囲に設置された防犯カメラの位置も把握していたに違いない。つまり発信元から犯人を特定するのはまず不可能だと思われる。

　被害者は坂口優樹菜《さかぐちゆきな》、二十五歳。都内の歯科医院に勤務する医療事務員だ。今回は腹部を刺されての失血死だった。刺傷は三カ所ですべて深部まで到達していた。監察医の報告した死亡推定日時と動画がアップロードされた日時は、やはりほぼ一致していた。

「黒井さん、マジでヤバいですよ。これ以上、被害者が出たら黒井さんも街を歩けなくなりますよ」

　代官山たちは会議室を出て、自分たちのデスクに戻った。他の刑事たちが遠くからマヤを眺めている。

「そんなこと言ったってどうしろって言うのよ」

「今回はさっさと犯人を逮捕しちゃいましょう。で、犯人は誰なんですか」

「ほんと、バッカじゃないの！」

　マヤは唇を尖らせた。さすがの彼女もまだ犯人特定には至っていないようだ。

「被害者のデスクの上に点字の本が十冊も積まれていましたけど、なにか意味があるんですかね」

　浜田は自分が座った椅子をクルリと回してこちらを向いた。

点字本を調べた担当刑事によると、被害者の坂口は健常者であり、視覚障害者との交流もなかった。だから点字本にはまるで縁がなかったはずだと家族や知人が証言しているという。点字本の流通経路などについては捜査中である。

「いろんな本がありましたよね」

「一応、メモっておいたんですけどね」

浜田はメモを開いた。捜査会議で刑事が報告した点字本のタイトルが並んでいた。

『パソコンが嫌いな人のための超入門』『臨床家のための心理学』『華岡青洲の妻』『恩讐の彼方に』『遥かなる甲子園』『アラバマ物語』『絵のない絵本』『蟹工船』『調理の基本知識』『ぐりとぐら』

「うーん、見事なまでにジャンルがバラバラだなあ」

小説や心理学書、パソコン本、児童書まである。これらのタイトルに意味があるのだろうか。

「姫様、どう思いますか」

「それぞれのタイトルはともかく点字本であることに意味がありそうね」

「ですよねぇ、わざわざ点字本だけを揃えるなんて」

「前回がクラシック音楽のＣＤで今回が点字本か……」

マヤは指先で尖った顎をさすりながら考え込んでいる様子だ。

「あと、十字架のオブジェですよ」

前回と今回、それぞれ十字架も土台もまったく異なる素材が使われている。どうやら犯人の自作らしいという科捜研の見解だ。それらの出所については、遺留品の担当班が調べている。

十字架のオブジェは今回は書棚に置かれていた。そしてオブジェが置かれていたブースの背面板には、マジックペンで丸印が描かれていた。

そしてさらにテーブルの上に載せられたノートパソコンだ。モニターには小津酸株式会社のサイトが表示されていた。

「小津酸株式会社と犯人になんらかの関係があるのは間違いないでしょう」

代官山がマヤに話を振ると彼女は「さあ」と首を捻った。

「とりあえず次の被害者を待ちましょう。どんなヒントが出てくるのかワクワクするわね」

「黒井さん！」

代官山が詰め寄ろうとするも「じゃあ、帰るから」と手を振りながらその場から離れていった。

6

代官山は壁に画鋲《がびょう》で留められている名刺に顔を近づけた。

〈小津酸株式会社　営業部・立石《たていし》みつき〉

と印字されている。

「また小津酸株式会社か」

今、世間で一番注目されている会社かもしれない。山口市にある小津酸株式会社にはマスコミ連中が殺到していて機能不全状態に陥っているらしい。今朝のニュースで社長の小津寿一《じゅいち》による記者会見の模様が報じられていた。

「天地神明に誓って我が社と一連の事件とは無関係です。犯人は皆さんの目を真相から逸《そ》らすために、我が社の名前を利用していると考えています。犯人に対しては強い憤りを覚えます」

小津社長は怒髪天を衝《つ》くといった様子で顔を真っ赤にさせ、口調にも激しい怒りを滲ませていた。今回の騒動が原因なのは間違いないだろう、株価はかなり落ち込んでしまったようだ。業務にも支障が出ていて、事件の解決がなければ再開の目処は立たないと嘆いていた。さらに警察の失態もほのめかしている。

そして最悪の事態が起きてしまった。

第三の殺人現場が夕方になってネオチューブに配信されたのだ。

過去の二つの動画とそれを配信したチャンネルはネオチューブによってBAN、つまり凍結されているので、視聴することができないようになっている。しかし心ない一部の視聴者たちが、それらを保存してネット上にばらまいているため、視聴しようと思えば簡単に視聴することができる。

警察もアップロードされた動画の削除を動画サイト運営者に要請しているが、次から次へとアップされるので、イタチごっことなってしまっている。

ただ、ネオチューブにオリジナルの映像がアップされると、現場の所在地に関する情報がリアルタイムにコメント欄に書き込まれる。今回も警察が捜査するまでもなく、現場の所在地が特定された。ネットの住民たちの捜査能力は警察より優れていると思うことがある。

代官山は「圏内ちゃん」を思い出した。彼女、元気だろうか。マヤは今でもたまに連絡を取り合っているらしいが。

現場に到着した代官山は、犯行動画を回想する。

今回も犯人は黒革の手袋だけしか姿を見せていない。カメラが部屋の様子を映し出す。午後三時とあって室内は明るい。窓にはカーテンが掛けられていないからだろう。部屋は八畳ほどの広さだ。ベランダから外の景色も見える。今回は小津酸株式会社の看板は認められなかった。しかしカメラが動くと壁に貼りつけられた名刺が映った。代官山がたった今、目にした名刺だ。小津酸株式会社の社員の名刺だった。

ちなみに立石みつきという社員の所在は確認されている。本人も自分の名刺が使われているとは、寝耳に水の様子だったという。今回の事件に対してもまったく心当たりがないと証言している。

次にカメラの視線が床に向いた。そこには見慣れた物が置かれている。十字架のオブジェだ。

再び、カメラはベランダに向けられる。そのタイミングで気づいたのだが、ガラスサッシの床面に近い部分に、黒い丸印が描かれていた。今までも壁や書棚の背面板に認められた。犯人が描き込んだものであることは間違いないようだ。そして今回もバックに音楽は流されていなかった。

やがてカメラは床に向いたまま動き出し、衝撃的なものを映し出す。黒いワンピース姿の女性が倒れていた。ピクリとも動かない。

「皆さん、こんにちは、オズさんです。私は大いに失望している。警視庁のエース刑事である黒井マヤともあろう者が、私を捕まえるどころか、近づいている気配さえない。日本の警察とはこの程度なのかね。我々の血税はこんな無能な連中の給料に使われているということだ。これを見ている納税者は怒った方がいい。

しかたがないからヒントをやろう。小津酸株式会社には迷惑をかけて申し訳なかったが、私とあの会社とは、まったく関係がない。ヒントは社長とか社員とか取引先とか会社そのものではない。会社名に注目したまえ。実に簡単な謎解きだよ。私の正体に少しは近づけるはずだ。黒井マヤさんなら二回目の動画で気づくと思っていたんだが、どうやら買いかぶっていたようだな。分かっていると思うが犠牲者はさらに増えることになる。少し急いだ方がいいぞ。これ以上、私の中の私を抑えることができそうにない」

そこで映像は終了した。犯人の声は前回までと同じく人工音声だ。幼女の棒読み調が滑稽でも不気味でもある。ちなみにこの音声が世間でも話題になっていて、ある人気ネオチューバーが自分の動画に使ったら、コメント欄に不謹慎だと批判が殺到してちょっとした炎上騒動になっていた。

ＳＮＳ上ではマヤに対する書き込みも増えていった。当初は〈可愛い〉〈逮捕されたい〉といった男性たちの好意的な書き込みが大勢を占めていたが、今は〈税金泥棒〉〈無能刑事〉〈だから女はダメなんだ〉と批判的なものに変わりつつある。中には〈今回の事件は黒井マヤの自作自演〉などと書き込む者まで出ている。

「パパが社会的に抹殺するって言ってたわ。気の毒ねぇ」

彼女はコメントを眺めながら冷笑を浮かべていた。

書き込み主は近日中に学生なら退学処分を食らうだろうし、社会人であればクビを余儀なくされる。国家権力の恐怖を思い知ることになるだろう。とにかく黒井家の人間だけは、敵に回したくない。

「二十一秒……」

動画を見終わったマヤがつぶやいた。どうやら彼女は今回も動画の再生時間が気になっているようだ。科捜研の検証によれば、その秒数に合わせるように動画が早回しされているという。その秒数になにか意味があるのか。マヤもまだ解明に至っていないようである。

「死因は頸部圧迫による窒息。太さ二センチほどのロープを首に二回りさせて絞め殺した」

死体を検分していた駒田の報告をきっかけに、代官山は回想から意識が戻った。ちなみに死体の所持品から身元も判明した。

秋山恵《あきやまめぐみ》、二十四歳。運転免許証と「東京ウェイブクリエイト」というホームページを作成する会社の社員証が財布の中に入っていた。住所はここから三百メートルほど離れたアパートだ。

「殺し方がバラエティに富んでいていいわね。でも今回は六十八点かなぁ。瞼が開いているのはいいんだけど、死体のポージングが垢抜《あかぬ》けない。さらにこのアパートの内装が今ひとつだわ。家具を置くとか絵を飾るとかもう少しなんとかならなかったのかしら」

マヤが現場を批評する。そんなことをするのはフィクションを含めて、世界広しといえど彼女だけだろう。

ちなみに彼女にとっての及第点は六十点である。これを下回ると彼女の機嫌は端から見ても分かるほどに悪くなる。今回は少し失望の色が浮かんでいた。

ここは東京都福生《ふっさ》市郊外に建つアパートの三階にある一室だ。このアパートは来月取り壊される予定で、何年も前から人が住んでおらず廃墟同然になっていた。

世間が注目しているだけあって、今回は配信されてから通報されるまでが、前回までより早かった。犯行動画がネオチューブにアップロードされたのが午後三時だったが、その一時間後には通報が入った。今回も前回までと同様、乗っ取った幽霊チャンネルを使っているようだ。

そして今回も繁華街のフリー回線を使っているのだろう。担当捜査員が発信者を探っているが、特定には至っていない。ワイドショーに出ていた専門家が発信元から犯人を突き止めるのは実質的に不可能との見解を示していた。

「ただ、この演出は面白いわね」

臨場しているマヤは相変わらず楽しそうだ。瞳が爛々《らんらん》と輝いている。

面白い演出。

死体の上には十枚の写真が無造作にばらまかれていた。すべて同じ男性の写真だ。

「この人、見たことがあるな」

「代官山さん、なにを言ってるんですか。芥川龍之介じゃないですか」

浜田がつぶらな瞳で代官山を見上げながら言った。

「あ、そうでしたね。だけど読んだことがないんだよなあ」

芥川といえば日本を代表する文豪だ。『羅生門』くらいは知っている。

「おそらくこれが今回の大きなヒントね」

マヤが白手袋をした手でそのうちの一枚を拾い上げた。写真の裏に書き込みなどは認められない。

「前々回がベートーヴェンの楽曲、次が点字本、そして今回が芥川龍之介の写真か……なにか共通点でもあるのかな」

頭を捻ってみたが、それらしきものは思い当たらない。

「共通点といえば小津酸株式会社と十字架のオブジェですね」

浜田が床の上を指した。そこには十字架のオブジェが置かれている。

「あとは丸印ですよ」

代官山はベランダと部屋を仕切る出入り扉を指した。スライド式のガラスのサッシがはめ込まれている。そのガラスの床に近い部分にマジックペンで丸印が描かれていた。ガラスサッシからオブジェまでは一・五メートルほど離れている。

マヤは身を屈《かが》めるとオブジェに顔を近づけてじっと見つめていた。その先にはちょうど丸印がある。

「なるほど……だから小津酸なのね」

代官山は彼女のつぶやきを聞き逃さなかった。

「黒井さん、なにか分かったんですね！」

「全然」

「またまたぁ、本当は犯人知ってるくせにぃ」

代官山は肘で彼女の腕をちょんちょんとつついた。

「ちょ、ちょっとセクハラよ」

彼女はくすぐったそうにしながら代官山から離れた。

「姫様、逮捕しましょうか」

すかさず浜田がポケットから手錠を取り出す。

「二人とも、行くわよ」

突然、マヤがコートを肩に引っかけて部屋を出ていった。

「ど、どこに行くんですかぁ」

浜田と代官山も慌てて彼女を追いかける。

7

代官山たちはタクシーを降りた。

「面会かね」

浜田が支払いをするとき、それまで一言も発さなかった運転手が声をかけてきた。

「ええ、そうよ」

答えたのはマヤだった。運転手に行き先を指定したのも彼女だ。代官山と浜田は行き先を聞いて驚いた。しかしどんなに尋ねてもマヤは愉快そうに微笑《ほほえ》むだけで、目的を教えてくれなかった。

「お嬢さんの知り合いかい」

「ええ。恋人みたいなものですよ」

「マジですかっ⁉」

代官山と浜田の声が重なった。

「ちょ、ちょ、ちょ、ちょ、ちょ、ちょ、ちょ、姫様ぁ」

相当に動揺しているのだろう。浜田の呂律《ろれつ》と足取りが怪しい。

「もしかして元カレさんとかですか」

代官山が聞くと、マヤは首を横に振った。

「そんなんじゃないわ。どちらかといえば私の師匠かな。イケメンだからつき合ってもいいかなと思ったけど、あの中にいるんだからさすがに無理ね」

彼女は目の前の建物を指さした。そのエリアだけ明らかに空気が他と違う。物々しく重苦しい。事情をまったく知らず、初めてここを訪れる者でも、その異質な空気には戸惑いを覚えるだろう。

代官山がここに足を運ぶのは三度目だ。東京都葛飾区小菅一丁目三十五番一号。割り当てられた固有の郵便番号は一二四－八五六五。地上十二階、地下二階の建物は、まるで要塞を思わせる威圧感に満ちていた。構造は特徴的で鳥瞰《ちょうかん》すれば、アスタリスクを象《かたど》っている。

東京拘置所。

死刑囚や懲役受刑者、そして未決拘禁者が収容されている。収容定員は三千十人。刑事被告人を収容する施設では、日本最大規模を誇る。

「師匠って姫様のですか？　元カレじゃないんですね！」

「元カレなんて一言も言ってないわよ。師匠よ、師匠。今回の事件のことで話を聞きに行くの」

「行きましょう！」

突然、浜田が拘置所に向かってシャカシャカと歩き出した。不死身体質だけにリカバリーが早すぎる。

「こんなところに収容されている人物が黒井さんの師匠なんですか」

「ええ。彼からはいろいろと学ばせてもらったわ。実は、捜査に詰まったりするとよくここに足を運んでたの。彼のアドバイスはいつだって的確よ」

そんなことは初めて聞いた。捜査中に時々、マヤは姿を消すことがあったが、そういうことだったのか。

代官山たちは建物に入ると受付で必要な手続きを済ませた。受付はアクリル板越しである。受付員はマイクを使って話をする。手続きは代官山も経験があるので戸惑うことはなかった。

思えばこの建物には社会を震撼《しんかん》させた凶悪犯罪を引き起こした死刑囚が収容されているのだ。その中には代官山たちが送り込んだ者もいる。彼らはどんな思いで過ごしているのだろう。

この建物では死刑も執行される。処刑部屋はいくつかの床や壁を隔てた、そう遠くないところにあるのだ。それを思うと背筋を冷たいものが走った。

今回は未決拘禁者への面会である。未決拘禁者とは刑事裁判中で刑が確定していない容疑者のことを指す。

受付を済ませて面会室へ向かう。内部は迷路のようになっている。死刑囚が収監されていることもあり、逃亡防止のためこのような複雑な造りになっている。そのうえ案内図などは設置されていない。何度も曲がり角を曲がってエレベーターも乗り換える。途中、迷ってしまったのではないかと不安になってしまう。

代官山たちは面会室に通された。刑事ドラマで見られるようなアクリル板で仕切られた構造になっている。

しばらく待っていると刑務官が一人の男性を連れて入ってきた。上下ともスウェット姿で手錠と縄で拘束されている。刑務官は代官山たちに近づくと男性の手錠と縄を外した。

男性は椅子に腰掛けると、代官山たちとアクリル板越しに向き合った。アクリル板には円状にポツポツと穴が開けられているのでそこを通して会話ができるようになっている。

この男性、どこかで見たことがある……。

見た目は三十代前半といったところか。知的な雰囲気を纏《まと》った端整な顔立ち、まるで美容室でセットしてきたようなパーマがかかった髪型。マヤがイケメンだと言っていたが、たしかに雑誌のモデルと言われても違和感のない容姿である。多くの妙齢の女性が彼には魅了されるだろう。

代官山は記憶を探ったがどこかに引っかかったまま出てこない。

「久しぶりだね、マヤ」

男性はマヤを見つめるとにっこりと微笑んだ。これだけで多くの女性は心を持っていかれそうだ。

「呼び捨て!?」

浜田が目を剝いて立ち上がった。しかし男性は彼には目もくれない。

「浜田さん」

「だって姫様を呼び捨てですよ」

「まあまあ」

代官山はとりあえず浜田を座らせた。

「杏野《あんの》くんも元気そうね」

「お陰様でね。ここはなにかと暇だから、君が来てくれると本当に嬉しい。君との会話が僕にとっては最高のご馳走さ」

杏野と呼ばれた男性は片目をつむってみせた。そんな仕草も、なんとも自然で嫌味がない。落ち着いた声がしんとした面会室に心地よく響く。

「イマジナリーフレンドの彼はどうなの」

イマジナリーフレンド？

浜田もつぶらな瞳をパチクリとさせている。

「彼は出ていったままだ。もう僕のところには戻ってこないさ」

杏野は大げさに肩をすぼめた。

「今日はそのことで話があるの」

「ほぉ、もしかして彼がまた始めたのかい？」

彼はアクリル板に顔を近づけてきた。

「だからここに来たのよ」

マヤも顔を近づける。

「面白そうじゃないか。話を聞かせてもらうよ」

杏野は瞳を輝かせた。

「そうくると思ったわ」

彼女は楽しそうに微笑んだ。

「姫様、こいつって杏野雲《うん》ですよね！」

浜田が相手を指さしながら言った。

「ええ、そうよ。イケメンシリアルキラーの杏野雲。最後は父親を殺して逮捕されたわ」

杏野雲！

代官山は膝を打った。大物芸能人の麻薬所持による逮捕ですっかり話題をそちらに持っていかれてしまったため、逮捕当時のニュースの扱いは小さかった。しかしその後の事情聴取で、過去十数年にわたって複数の殺人に関わっていたことが明らかとなる。当時、代官山は浜松中部署に勤務していたので、その事件にはさほど注目していなかった。まだマヤと出会う前の話である。

「そして僕はマヤの『初お手柄』というわけさ」

「ど、どういうことだ？」

浜田が声を尖らせた。

「私が逮捕したの。そのときの私は、捜一に配属されたばかりの新人刑事だった。超お手柄よ」

「まさか捕まるとは思わなかった。犯行には細心の注意を払ってきたからね。君の洞察力には驚かされたよ」

杏野は懐かしそうに遠い目をした。

「本当にこいつが姫様の師匠なんですか？」

浜田は泣きそうな……目に涙をいっぱいに溜めながら聞いた。

「彼は若くして早洋大学・犯罪研究学科の准教授に就任したわ。犯罪研究の分野では第一人者だった」

「今は『元』准教授だけどな」

杏野は唇を歪《ゆが》めた。早洋大学は敬明大学に並ぶ私立の難関校だ。

「犯罪研究の第一人者どころか、犯罪者そのものじゃないですか」

浜田は悔しそうに目元を拭った。

「さすがは第一人者だけあって、いろいろと勉強させてもらったわ。捜査に当たっては、彼の意見がなにかとヒントになった」

「今回もそれで来たんだろう。そして『あいつ』が絡んでいると」

杏野は待ちきれないと言わんばかりに前のめりになった。

「姫様、『あいつ』とか『イマジナリーフレンド』とかなんなんですか」

浜田が痺《しび》れを切らした様子で尋ねる。

「ゾディアックさ」

マヤの代わりに杏野が答えた。

「ゾディアック？」

代官山と浜田が聞き返す。

最近、どこかでその名前を聞いたばかりだ。

そうだ、マヤたちと訪れた「世界の未解決事件博覧会」だ。あの中に「ゾディアック事件」のブースがあった。マヤが有名な劇場型犯罪だと言っていたことを思い出した。

「とりあえず事件のあらましを説明するわ。浜田くん、お願い」

「ぼ、僕ですか」

浜田は自身を指さした。

「同じ東大卒なんだから気が合うんじゃないの」

杏野も浜田と同じく東大出身らしい。そんなエリートがこんなところに閉じ込められているのか。

「よろしく」

杏野は浜田に向き直った。浜田はしぶしぶといった様子で、事件のあらましを説明した。さすがは東大卒だけあって要点を押さえた分かりやすい解説になっている。杏野は黙って彼の話に耳を傾けていた。

しかし今回の一連の事件のどこにゾディアックが関係しているのかまったく分からない。

「なんでゾディアックなんですか。そもそも動画の中にはゾディアックなんて単語は一度も出てきてませんよ」

代官山は疑問を口にした。

「いや、いくつかのポイントがゾディアックを示しているよ。たとえば十字架のオブジェと丸印」

杏野が言うとマヤが嬉しそうな表情で頷いた。

「さすがはゾディアック研究の第一人者ね」

「どこがゾディアックなんですか？」

代官山の中でクエスチョンマークが飛び交った。

マヤはアクリル板に指をつけるとゆっくりと滑らせる。指の皮脂でアクリル板にほんのりと丸印が浮かんだ。さらにその上から十字架を重ねる。それはまるでライフルの照準を思わせるデザインになった。

「これはゾディアックのシンボルマークよ」

「ああ、たしかに！」

浜田は指を鳴らした。

代官山は過去の三つの動画を思い浮かべてみた。十字架と丸印が重なって映っているシーンがいくつも思い当たる。

「単なる偶然じゃないですか」

これだけではゾディアックとは断定できない。

「マヤ、他にヒントはあったのかい」

「だから呼び捨てにするなっ！」

浜田が目を剝いて立ち上がる。今回も杏野とマヤにスルーされた。浜田はがっくりと肩を落として座った。

「ヒントは小津酸株式会社よ」

マヤの目つきが挑戦的になった。

「小津酸……オズさん……オズ、さん」

杏野は天井を見上げながら思考を巡らせている。しばらく彼のぽつりぽつりとした独り言を聞かされた。代官山もマヤのなぞなぞに取り組んでみた。やはり彼女は犯人のヒントを見抜いていたのだ。

五分ほど経っただろうか。

「なるほど、アナグラムだね」

杏野はマヤに向き直るとアクリル板を指で弾いた。

「さすがね」

マヤは拍手を送った。

「どういうことですか？」

降参だ。代官山は答えを導き出すことができなかった。浜田も同様のようで悔しそうに歯を食いしばっている。

「小津酸はアシッドオズ」

杏野はアクリル板にアルファベットを書いた。

Acid OZ
「たしかにこれは会社のサイトにありましたね」

Acid は酸を意味する。OZ は言うまでもなく小津だろう。Acid OZ で小津酸だ。

「そういうことか」

この時点で代官山も浜田も気づいた。

「並べ替えると Zodiac。ゾディアックと読めるわ」

犯人は「この事件と小津酸株式会社は関係ない」というようなことを言っていた。小津酸株式会社はあくまでゾディアックを示すためのヒントに使われたに過ぎないのだ。

それにしても今までマヤ以外に誰も気づかなかったヒントを、たった五分で看破してしまった。たしかにマヤに師匠と言わしめるだけのことはある。彼の洞察力も相当のものだ。

「それに『少し急いだ方がいいぞ。これ以上、私の中の私を抑えることができそうにない』という犯人の言葉。ゾディアックも多重人格をほのめかす発言を弁護士にしているんだ」

杏野の口調は熱っぽい。

「彼のことを犯罪研究の第一人者って言ったけど、特にゾディアック事件の研究においては日本一よ。彼ほどゾディアックに詳しい人はいない」

「決してそうなりたかったわけじゃない」

「どういうことだよ」

浜田が嚙みつくように聞いた。

「彼の頭の中のお友達、いわゆるイマジナリーフレンドね」

「ま、まさか……」

「そう、ゾディアックが彼のお友達よ」

マヤが友人の恋人を紹介するように言うと、杏野は照れくさそうに頭を掻いた。

8

「三十七度ちょうど。うん、微熱といったところね」

養護教諭である櫛川直江《くしかわなおえ》は、体温計を杏野雲に見せながら額に手を当ててきた。彼女の手のひらがヒヤリと冷たい。同時に石鹸のようないい香りがした。杏野の胸板の奥で鳴る鼓動が少しだけ速まったような気がした。

「僕は平熱が低いから辛《つら》いんだよ」

杏野は唇を尖らせながら訴えた。

「ちゃんと野菜とか食べてる？　好き嫌いがあると体を強くすることはできないわよ」

「う、うん……分かってる」

杏野は野菜全般が苦手だった。特に人参とピーマン。あれらを口にするのは苦行に等しい。

杏野はよく風邪を引いたり熱を出したりするので、保健室の常連になっていた。正直言えば我慢できる程度の症状でも、保健室に足繁く通っていた。櫛川に会うのが目的だ。

「今日は早退する？　担任の先生には言っておいてあげるわよ」

「大丈夫。午後の授業は出るよ。父さんに怒られる」

「杏野君のお父さんは、なにをしている人なの」

「大槻署の刑事だよ」

大槻署は日野市郊外にある大槻公園のすぐ近くにある。そして杏野の通う大槻西小学校は、公園から西側に二百メートルほど離れた場所にある。

「そうだったんだ」

櫛川はつぶらで大きな目をさらに見開いた。

「先生は彼氏いないの？」

「いきなりなによ、小学生のくせにませた子ね」

彼女はクスリと笑った。

「僕の父さん独身なんだ。母さんは僕が小さいときに死んだから。父さん、なかなかのイケメンだよ。先生、美人だからお似合いだと思ってさ」

「へえ、イケメンなんだ」

櫛川は顎先を触りながら小首を傾げた。彼女は杏野より十六歳も年上の二十七歳だ。それなのに彼女のそんな仕草が愛おしく思えた。

小柄な彼女の身長は、小学生としては長身である杏野とそう変わらない。だから年齢の隔たりをさほど感じないのだ。

「先生、女だからイケメン好きでしょ」

「それは偏見よ。男性は見た目より中身だから。それはそうと、杏野君は私のこと好きだと思ってたわ」

櫛川はいたずらっぽく笑うと、杏野の額を人差し指でつついた。

「そ、そういうわけじゃないよ！」

杏野は慌てて否定する。もちろん彼女に恋心を抱いていることは自覚していた。それを悟られないよう父親をダシにしたのだが、見破られてしまった。

さすがは大人だ。クラスメートの女子とは違う。

「ふうん」

「先生、知ってるよ。小説書いてるよね」

「な、なんで知ってんの？」

今度は櫛川がうろたえた。話を逸らそうと持ち出したのだが、その効果は絶大だったようだ。

「ノートパソコンがつけっぱなしだったから」

「覗き見するなんてひどい」

「人聞きが悪いな。たまたま見えちゃったんだよ」

「私が小説書いてることは絶対に内緒よ。誰にも言ってないんだから」

櫛川は顔を赤くしていた。そんなに恥じることだろうか。

「先生は小説家になりたいの？」

「見果てぬ夢よ。頑張っているんだけど、箸にも棒にもかからないわ。大人の世界では頑張ったからといってそれが報われるとは限らないの」

「先生が作家デビューしたら、僕が一番最初の読者になるよ」

「さあ、それはどうかしら。普通、最初の読者って編集者になるんじゃないかな」

「だったら一番に先生のサインをもらうよ。ていうか、サインしてよ」

「なんでデビューもしてないのにサインなんてするのよ」

「一番最初のサインってお宝になるんじゃない？」

「なるほど。なるかもしれないわね。そのためには私がデビューしなくちゃいけないけど」

「デビューしたときのためにここで練習しておけば」

杏野はランドセルからノートを取り出して白紙のページを開いた。

「しょうがないわねえ」

櫛川はまんざらでもなさそうに白衣の胸ポケットからボールペンを取るとノートにサインをした。

「なんで数字なの？」

杏野は目を白黒させた。ノートには「９４７０」と書かれている。

「面白いでしょ。私はサインを数字にしようと思ってるの。なかなかないでしょ、数字だけのサインなんて。こうやってオリジナリティをアピールするのよ」

彼女は得意気に言った。

「面白いとは思うけど、数字の意味が分からない」

「よぉく、考えてみなさい。勉強得意なんでしょ」

杏野はテストの成績はいつもトップだった。クラスメートたちからは、秀才君と呼ばれている。学校の勉強が簡単すぎてつまらないと感じることも多い。

とりあえず四つの数字を足したり掛けたりしてみる。しかし正解が思い当たらない。

「降参だよ。正解を教えて」

「ダメダメ。ちゃんと考えなさい。そんなに難しくはないんだから」

「まあ、いいや。とにかく先生の初めてのサインは僕がもらった。絶対にデビューしてよ。そんときはみんなに自慢するんだから。直木賞とか獲ったら高値がつきそうだ」

「こらこら、私のサインを売るんじゃないぞ」

櫛川は笑いながら拳骨を向けてきた。


二日後。

「おい、こんな時間にどこに行くんだ」

杏野の父親、杏野潤《じゅん》が声をかけてきた。彼もこれから仕事で出かける準備をしている。

「宿題のノートを学校に忘れてきちゃったんだ。明日までに出さないとマズいんだよ」

担任の立花《たちばな》は宿題には特に厳しい。体罰も辞さない。だからクラスメートたちも宿題だけは忘れないようにしている。

「気をつけて行ってこい。帰ってきても父さんはいないから先に寝てろ」

「分かってる」

時計を見ると夜の八時を過ぎていた。当然のことながら外は真っ暗だ。父親は夜いないことも多いので、ひとりぼっちは慣れている。小さいころは心細く思ったこともあるが、今では平気だ。

杏野は外に出ると駆け足で学校に向かった。家から学校までは走れば十分もかからない。

校舎は真っ暗だった。いつものように下駄箱が設置されている昇降口から入ろうと思ったが、扉は閉められ鍵が掛けられていた。これでは入ることができない。当直の先生がいるはずだがどこにいるのか分からない。

「参ったな」

これでは宿題ができない。立花先生にノートを忘れたなんて言い訳はきかないだろう。怒らせると怖い先生だ。なんとかして教室に入りたい。他に出入口があるだろうか。

「杏野君？」

途方に暮れていると背後から聞き覚えのある女性の声がした。

「櫛川先生」

「こんな時間になにしてるのよ」

「教室に忘れ物をしたんだ。宿題のノートだからマズいんだよ」

「立花先生怖いもんね」

櫛川はクスッと笑った。

「先生こそなにしてんだよ」

「今日は当直よ。本当は大沢《おおさわ》先生だったんだけど代役を頼まれたの」

大沢先生は五年三組の担任だ。

「ラッキー！　中に入れてよ」

「感謝しなさいよ。こっち来て」

杏野は櫛川のあとについていった。櫛川は校舎の裏口の扉を開いた。

「他の人には内緒よ。この扉の鍵は長い間ずっと壊れたままだったの。やっと来週、修理されるそうよ」

二人は中に入った。

「うへぇ、中は真っ暗だ」

「怖いの？」

「べ、べ、別に怖くなんかないけどさ……」

「教室までついてってあげようか」

「よろしくお願いします」

杏野は素直に頭を下げた。やはり夜の校舎は不気味だ。幽霊なんて信じていないが、それでも足がすくんでしまう。

「行くよ」

櫛川が杏野の肩をポンと叩いた。

二人は階段を上がって五年二組の教室に向かった。ノートを回収して裏口に戻った。

「先生、ありがとう」

「一人で帰れるわね。送ってあげたいけど、先生はちょっと用事があるからこれで失礼するわ」

櫛川は腕時計を確認すると、そそくさと杏野から離れていった。

杏野は裏口から外に出た。夜の運動場が不気味なので校門まで駆け抜けた。自宅に到着して自室に戻る。

さっさと宿題を終わらせて寝よう。

ノートを開いて杏野は思わず舌打ちをした。

「マジかよぉ」

ノートが違うではないか。必要なのは算数のノートなのに、持ち帰ったのは国語のノートだ。教室が暗かったので見間違えてしまった。ちゃんと電灯を点《つ》けるか、中身を確認するべきだった。

杏野は再び、家を出た。駆け足で学校に向かう。櫛川もいるし裏口も開いているだろうから、気分的に楽だった。そしてまた櫛川に会えるかもしれないと思うと心が躍った。

でも用事があると言ってたな……。

校舎に到着した杏野は裏口扉のノブを回した。やはり鍵は掛かっていない。扉を開いて中に入る。先に教室に行こうか。まずは階段に向かった。廊下の向こうまで闇が充満している。その中になにかが潜んでいるような気配を感じた。

杏野は足早に階段を上って教室に戻った。今度は電灯を点けて机の中を確認する。しかしノートが見つからない。おそらくクラスメートの鈴木《すずき》健太《けんた》が隠したのだろう。彼はなにかと杏野を目の敵《かたき》にしている。テストでいつも二番手に甘んじているからだろう。杏野がいる限り、彼はトップにはなれない。今回も腹いせにノートを隠したに違いない。面倒なことになった。なんとかして捜し当てないと宿題が提出できない。

「くそぉ！」

杏野は捜索を始めた。クラスメートの机の中を調べて回る。しかし見つからない。書棚や教壇のデスクにも見当たらなかった。

「もしかして……」

清掃用具を入れるロッカーを開けたら案の定、杏野のノートが放り込まれていた。取り出すと表紙が汚れている。

「健太の野郎！」

時計を見るとここに来てから、二十分が経過していた。もう九時を回っているが、宿題なんて一時間もあればできるだろう。

杏野は電灯を消すと教室を出た。鈴木健太に対する怒りで先ほどまでの恐怖心もすっかり薄れている。一階に下りて裏口扉の前に立った。

そうだ、櫛川に挨拶してから帰ろう。ノートを間違えたから取りに戻ったと当直に報告はするべきだ。これなら彼女を訪れる正当な理由になる。

杏野はとりあえず保健室に向かった。保健室は一階廊下の突き当たりを右に曲がって
さらに左に曲がったところにある。杏野は部屋の扉をノックした。しかし返事がない。

念のためもう一度ノック。やはり反応がない。

「失礼します……」

杏野はゆっくりと扉を開いた。部屋は電灯が点いておらず闇が沈殿していた。手探りで壁のスイッチを探ってオンにする。しかし視界に飛び込んできたのは、見慣れた光景ではなかった。椅子は倒されてデスクの上にあったはずのものが床に散乱している。

「な、なんだよ……」

杏野はおそるおそる部屋の中に足を踏み込んだ。そして櫛川の名前を呼びかける。しかし返事はない。

杏野は櫛川のデスクに近づいた。デスクの周囲の床には書類やファイルが散らばっている。またデスクの上の花瓶は倒れた状態で転がっていた。

「先生！」

転がった椅子のすぐそばに小柄な女性が横たわっていた。果たして櫛川だった。彼女

は目を見開いていた。しかしその瞳に光は宿っていない。首には紫色の線が走っていた。

「う、嘘だろ、嘘だろ、嘘だろ……」

杏野は体の震えを止めることができなかった。視界が大きく滲んだ。涙が止めどなく溢《あふ》れてくる。気がつけば握りしめたノートがグシャリとつぶれていた。

状況はすぐに理解できた。櫛川は殺されたのだ。首をロープかなにかで絞められて。ほんの数十分前はいつもの彼女だった。

もしノートが隠されていなければ……。彼女を助けることができたかもしれない。

杏野は口元を拭った。手の甲に血液が付着していた。唇を嚙んでいたらしい。でも痛みに気づかなかったし、気にならなかった。絶望感に全身を支配されていた。

「殺してやる……」

無意識のうちにつぶやいていた。

「先生の仇《かたき》をとってやる……」

杏野は握り拳にさらに力を込めた。ノートがみしりと音を立てる。宿題のことなどすっかり忘れていた。

「殺すべきだ」

突然、声が聞こえて我に返った。

「だ、誰？」

杏野は慌てて涙を拭うと周囲を見回した。しかし人の気配はまるでない。

「驚くのは無理もない。俺はお前の中にいる」

また声がした。耳からというより頭の中で響いているような感じがした。

いや、正確には声ではない。言葉が聞こえてくるわけではない。音声や言語ではない。意識というか思念のようなものが伝わってくる感じだ。テレパシーというのだろうか。

だから相手が男なのか女なのか、日本人なのか外国人なのかも分からない。

「誰なんだよ」

「俺はゾディアック」

「ゾディアック？」

聞いたことがあるような……。

「俺はお前であり、お前は俺だ」

「意味が分からないよ」

杏野は声を震わせた。こんな経験は初めてだ。気味が悪くなって両耳を塞《ふさ》いだ。

「俺はお前の殺意だ」

耳を塞いでもまったく効果がない。やはり音声とは違う。ゾディアックの不気味な笑い声がする。杏野は最近読んだ、多重人格者が主人公の小説を思い出した。

「お前は僕の別人格なのか」

「そんなことどうでもいいだろう。ところでお前はどうするつもりなんだ。先生を殺したヤツを野放しにしておくのか」

杏野は頭を痛くなるほど激しく横に振った。

「許せるわけないだろ！」

声を荒らげる。

「そうこなくてはな。俺たちで仇をとろうぜ」

「仇をとるって、どうやって？」

「そんなの犯人を見つけ出すに決まってんだろ。警察なんかに先を越させるなよ。逮捕なんてされたら手が出せなくなっちまうからな。まずは犯人の手がかりを捜せ」

「手がかり……」

杏野は周囲を見回した。

「おっと、下手に触らない方がいいぞ。お前が犯人にされるかもしれないからな」

「そ、そっか……」

デスクの上の倒れた花瓶を元に戻そうとした手を引っ込めた。

ゾディアックの言うとおりだ。そもそも自分は第一発見者だ。警察は第一発見者を真っ先に疑うと、刑事である父親が言っていた。

そのとき花瓶が倒れてできた水溜まりの上に置かれた、ソーラーバッテリー式の電卓が目に入った。まだ壊れていないようで液晶に数字が表示されている。

「２４４４」

杏野は数字を声に出して読んだ。

いつ入力されたものだろう。よく見ると2と4のボタンだけ濡れている。つまりこれを打ち込んだのは花瓶が倒れた後だと考えられる。犯人に襲われた前後であることは間違いない。花瓶が倒れて、中からこぼれた水が、たまたま彼女の指に触れた。その状態で彼女は咄嗟《とっさ》に数字を打ち込んだのだ。

四桁の数字。最近、四桁の数字に触れたばかりだ。

「先生のサイン！」

櫛川が杏野のノートに記した四桁の数字。

９４７０

これにどういう意味があるのか、彼女は教えてくれなかった。だけど、サインである以上、彼女の名前を示すのは間違いないだろう。そうでなければサインではない。やがて思い当たった。

「バカだな……なんでこんな簡単なことに気づかなかったんだろう」

「ほぉ、気づいたのか」

またもゾディアックの声がした。

「先生の頭文字だ。櫛川直江。櫛川の櫛が94、そして直江の直が70」

「やるじゃないか。なかなかの名探偵だ」

ゾディアックの褒め言葉に得意になれる気分ではない。杏野は目を閉じると状況をイメージした。

櫛川は用事があると言っていた。もしかしたら犯人とここで会う約束をしていたのではないか。犯人の殺意を察知した彼女は、咄嗟に電卓に数字を打ち込んだ。しかし逃げることができず絞殺《こうさつ》されてしまう。犯人は電卓に気づかなかった。四桁の数字は犯人を示すダイイングメッセージだ。つまり犯人の名前は２４４４で示される。そして顔見知りの可能性がある。

「この数字は犯人に繋《つな》がる重大なヒントだ。消しておかなくちゃ」

「止《や》めろっ！」

杏野がボタンに触れようとしたときゾディアックが止めた。

「な、なんでだよ」

「ボタンにお前の指紋がつくだろ」

「そ、そうだった」

杏野は慌てて指を引っ込めた。こんな初歩的なミスをしそうになるなんて、まだかなり動揺している。

「それにフェアじゃない。ミステリは現場に残ったヒントがあるから面白いんだ。いわば犯人と刑事の知恵比べなんだよ」

「お前……楽しんでるのか」

「そのうちお前もそうなるさ」

頭の中でゾディアックの不敵な笑い声が聞こえた気がした。

9

翌日は当然のことながら休校となった。

あれから真っ先に父親、杏野潤の携帯電話に連絡を入れた。父親はすぐに駆けつけた。現場を確保すると所轄署に連絡を入れる。すぐに制服姿の警官やスーツ姿の刑事たちがやってきた。

杏野は所轄署で事情聴取を受けることになった。担当したのは父親だった。杏野としてもその方が好ましい。他の強面《こわもて》の刑事たちでは物怖《ものお》じしてしまう。

「怪しい人間は見なかったのか」

「ううん、見なかった」

「そうか……ここだけの話、それだけは不幸中の幸いだ。もし犯人とかち合っていたら、お前もどうなっていたか分からん」

父親は安堵したように小さく息を吐いた。

それからいくつかの質問を受けた。父親はいつもと違う、刑事の顔になっている。こんな射貫くような目つきを見たことがない。声のトーンもいつもと違った。まるで別人と話しているようだった。

杏野は父親に尋ねた。

「櫛川先生は首を絞められたの」

「ああ、ロープのようなもので絞められた。現場でなにか気になったことはあったか」

「気になったことって？」

「普段あった物がなくなっていたとか、いつもと様子が違うとか」

「部屋が荒らされていたことくらいかな」

杏野は電卓のことは黙っていた。そんな息子の証言を父親は丁寧にメモに取った。

「父さん……」

杏野は姿勢を正して父の方を向いた。

「なんだ」

「犯人は捕まるかな」

「心配するな。父さんたちが必ず捕まえてやる。日本の警察は優秀だ」

父親は杏野に握り拳を向けた。

聞き取りが終わると他の署員が自宅まで車で送ってくれた。若い警察官で父親の部下なのだろう、息子の杏野にも敬語を使っていた。

その夜は一睡もできなかった。朝になって休校の知らせが連絡網を通して伝えられた。テレビをつけたが、まだニュースにはなっていない。昼のニュースでは報道されるだろう。学校の教師たちは大騒ぎをしているに違いない。

杏野は自室でベッドに寝転がっている。父親はあれから一度も帰ってきていない。大槻署に捜査本部が置かれるから、しばらくは家を空けることになると言っていた。父親の不在は珍しいことではないので慣れっこだ。テーブルの上にまとまった生活費を置いていってくれるし、食材があれば簡単な料理くらいはできる。

「上々じゃないか」

またあの声だ。ゾディアック。

父親が駆けつけてきてから声がしなくなっていた。もう消えたのかもしれないと思い始めていたころだった。

「ゾディアックってアメリカの連続殺人鬼だろ」

「知ってるのか」

「インターネットで調べたんだよ」

事情聴取を終えて帰宅してから最初にしたことだ。世界の未解決事件を紹介するサイトで詳しく解説されていた。

その内容を知って衝撃を受けた。アメリカでこんな事件が起こっていたのだ。まるでよくできたサスペンス映画のような事件だ。「事実は小説よりも奇なり」ということわざを最近知ったが、まさにこのような事件のことだと思った。杏野はゾディアック事件に強い関心を抱いた。

一九六八年から一九七四年にかけて、カリフォルニア州サンフランシスコ市内で若者たちが殺害されたアメリカ犯罪史に残る未解決事件。犯人は犯行後に警察やマスコミに暗号文での犯行声明を送りつけて挑発した。ゾディアックにより殺害されたと確認された被害者は五人だったが、声明文によれば三十七人に及ぶという。

「ガキのくせにクールだな」

「そうかな」

杏野自身も驚くほど、ゾディアックのことを冷静に受け止めていた。超常的な存在に恐怖はなかった。むしろ好奇心が大いに勝っている。ゾディアックが何者なのか、そちらが気になってしかたがない。

「他のヤツらはおかしくなりそうなほどに驚いていたけどな。頭を壁にぶつけていたヤツもいる」

「他のヤツら？」

「俺は太古の時代から存在する。お前のじいちゃんのじいちゃんのじいちゃんが生まれてくるよりも遥か昔だ。小野小町を知っているか」

「知ってるよ。六歌仙の一人で絶世の美女だって」

小野小町については先週、宿題で調べたばかりだ。

「実物はとんでもないブスだ」

「本人に会ったことあるの」

「何世紀にもわたっていろんなヤツを見てきた。チンギス・ハンやモーツァルトは知っているだろう」

杏野は頷いた。両者とも伝記で読んだことがある。昔から、本は人一倍読んでいる。

「つまりゾディアックはこうやって、いろんな人たちの頭の中に棲み着いてきた？」

「そのとおりだ。宿主を転々としながら生きてきたのさ」

「不死身なの？」

「宿主が死ねば次の宿主に移るだけの話だ。もっとも俺は宿主を選べないけどな」

彼の話が本当ならこれは多重人格とは違う。

「ゾディアック事件は、本当にあんたがやったのか？」

犯人の最有力候補だったのがアーサー・リー・アレン。彼の死後、犯行を裏づける証拠が見つかった。しかし後に手紙に付着していた唾液のＤＮＡ鑑定により無罪と断定されている。

「信じる信じないは、お前の自由だ」

「信じるよ」

杏野は頭の中の声を本物のゾディアックとして受け入れていた。明らかに幻聴ではない、本物の存在感がある。むしろリアルな友達の少ない杏野にとっていい話し相手になる。なにより彼の存在は杏野の好奇心を大いに刺激していた。

「子供は柔軟でいいな。大人だと病気ではないかと疑う。薬物で俺を追い出そうとする。もっとも俺より先に宿主が壊れてしまうけどな」

「あんたに興味があるんだよ。あの事件はとても興味深い」

「俺の事件より、櫛川とかいう養護教諭を殺した犯人を見つけ出すことが先だ。警察に逮捕されてからでは手出しができないぞ」

「分かってるよ」

それから三日後、父親が着替えを取りに帰ってきた。

「犯人は分かったの？」

杏野が尋ねると父親は疲れたような表情をさらに曇らせた。

「捜査中だ」

その反応から察するに進捗状況は芳しくないようだ。殺人事件は初動が重要だと言っていた。時間が経てば経つほど迷宮入りの可能性が高くなると。父親の顔には明らかに焦りの色が浮かんでいる。

杏野は父親を見送ると電話帳を開いた。櫛川先生が残したダイイングメッセージ「2444」は、おそらく犯人の頭文字だと思われる。

先生のサインが「9470」。94が櫛川の櫛、そして70が直江の直に当たるとすると、24が犯人の名字、そして44が名前に当たる。

杏野はあれから電話帳から該当する氏名を捜した。24を「ニシ」と読めば、西山、西川、西野など日野市だけでも数百件ヒットする。さらに最近は防犯のために電話帳に掲載しない人も増えているという。それに犯人が日野市在住であるとは限らないのだ。それでも杏野は該当する名前をすべてメモしていった。

あまりの数の多さに杏野はペンを投げ出した。

そのとき思い出した。学校の防犯カメラに犯人の姿は映っていなかったと新聞に書かれていた。犯人は裏口の扉の鍵が壊れていることを知っていたのではないか。

「学校関係者かな」

「その可能性はある」

杏野が指を鳴らしてひとりごちると、ゾディアックが答えた。

「調べてみよう」

杏野はすぐに学校の図書館に駆け込んだ。放課後だが数人の生徒が読書をしている。

「すいません。うちの教職員の名簿はどこにありますか」

杏野はカウンターで書類作業をしている男性に声をかけた。父親と同じ四十代といったところか。髪の生え際が後退しているため額が広く見える。彼は図書館のスタッフで、読み聞かせをしたり、新刊の内容を紹介する掲示物を作ったりしていて、生徒たちの読書習慣の形成に熱心だ。

彼はカウンターに座って書類に印鑑を押していた。

「名簿は図書館には置いてないよ。そういうのは職員室に保管されてるはずだ。そんなものをなにに使うんだい」

「いえ……ないんだったらいいです」

これ以上詮索されたくない。立ち去ろうとしたとき、カウンターの上の書類が目に入った。

「どうした？　こんな書類がそんなに気になるのかい」

どうやら新刊を購入するための手続き書類のようだ。本のタイトルや価格が並んでいる。

「い、いえ……先生はニシグチさんっていうんですね」

顔は知っていたが名字を知るのは初めてだった。

「私は図書館の司書だから先生じゃないよ。私の名前がどうかしたかね」

「これはなんて読むんですか」

杏野は書類の署名欄の名前を指した。

「難しい漢字だから読めないだろ。これはヨシナリと読むんだ」

署名欄には「西口葦也」と書かれている。葦也の「葦」は見たことがない字だ。

「ニシグチヨシナリ……さん」

杏野の心臓がトクンと跳ね上がった。２４４４に当てはまるじゃないか！

「どうした？　鳩が豆鉄砲を食ったような顔をして」

西口が黄ばんだ前歯をむき出しにした。

「オススメの本はありますか！」

杏野は表情筋を総動員して笑顔を取り繕った。

10

「櫛川先生は作家志望で小説を書いていた。片や西口葦也は図書館の司書で小説に詳しい。そして西口は毎日のように校舎に出入りしているから防犯カメラの位置や裏口の扉の鍵が壊れていることも知っていたはずだ」

僕は虚空に向けて語りかけた。

「メチャクチャ怪しいじゃねえか。なんたって頭文字も完全に一致しているんだ。西口が犯人に間違いない」

あれから西口についていろいろと調べた。担任教師や他の教師にも西口の素性についてそれとなく聞いた。

それによると西口も以前は作家を目指していたらしい。今でも図書館でこっそり執筆をしているという情報もあった。さらに音楽教師の嶋田《しまだ》は「ここだけの話、あいつは櫛川先生に言い寄っていたらしいぞ」と言った。もっとも櫛川先生に好意を寄せていたのは嶋田も同じだ。以前から生徒たちの間でも噂になっている。

嶋田は杏野の父親が大槻署の刑事だということを知っているから、腹いせにしゃべっているのだろう。みっともない大人だと思う。だいたいこの嶋田も容疑者リストに入っているだろう。

しかし西口も作家志望であるなら、櫛川先生とは大いに話が合うはずだ。創作を通してなんらかの交流があったとしても不思議ではない。

さらに櫛川先生は男子生徒たちにも人気が高い美形の教師だ。独身である西口が彼女に好意を抱くのはごく自然のことである。

以前、父親が「殺人の動機は金銭トラブル、怨恨、痴情のもつれだ。ほとんどの事件はこれに当てはまる」と言っていた。このとき杏野は「痴情のもつれ」という言葉を知った。失恋したことで相手を殺す大人が少なからずいるのだ。そして西口の殺害動機はそれかもしれない。

杏野は犯行当日の西口の足取りも調べてみた。職員室に忍び込んで職員名簿から現住所を割り出すと、彼は荻窪にあるアパートに住んでいることが分かった。

現地に赴いて隣の部屋の住人に当日の夜のことを聞いてみた。隣人は長髪の青年で、開いた扉の隙間から立てかけられたギターが何本も見えた。ミュージシャンかもしれない。少し酩酊《めいてい》気味で小学生の訪問を不審に思っていない様子だった。「その夜のことは覚えてるよ。仕事帰りの西口さんと廊下でばったりと会ってさ。『今日は遅いですね』と声をかけたら、『仕事が長引いた』とか言ってたな」

呂律が上手く回っていないが、内容は聞き取れた。酔っていることもあってか、こちらの質問を疑うことなく答えてくれるのは都合がいい。

「いつもはどうなんですか」

「西口さんは大家に内緒で犬を飼ってるんだよ。だからいつも帰りは早いんだ。珍しいんだよ、あんなに遅くに帰ってくるのは。司書の仕事は契約だし、五時には帰ることができるからいいんだってね。西口さん、仕事から帰るといつも部屋に閉じこもって執筆してるよ。彼は小説家を目指しているんだ。俺もアーティストだから、通じるものがあるんだよね」

帰宅時刻を尋ねたら十一時過ぎだと答えた。時間的にも合う。いつも帰りが早い西口が、その日に限って遅かった。

「もう決定的じゃないか」

帰りの電車の中でゾディアックが言った。

「そうだね」

周囲の乗客の注目が集まってしまったので、咳《せき》払いをしてごまかした。杏野以外の人間にはゾディアックの声は届かないのだ。人前でゾディアックとの会話は禁物だ。おかしな人間だと思われてしまう。

「警察もバカじゃない。櫛川先生の交友関係から、西口のことを容疑者リストに入れているはずだ。今も水面下で捜査が進められているだろうよ。もたもたしていると近いうちに決定的な証拠が見つけ出されて逮捕されちまうぞ。そうなればお前は手出しができない。知ってるか。人を殺しても精神に問題があれば無罪になることだってある。西口は頭のおかしいふりをするかもしれない。裁判長がヤツに騙《だま》されて無罪判決を出してしまうことだってある。刑事の息子なら知ってんだろ。そんなことになったら櫛川先生は浮かばれないぞ」

「う、うん……分かってるよ」

杏野は周囲に聞こえないよう囁《ささや》くようにして答えた。

以前、父親から刑法第三十九条のことを聞いたことがある。心神喪失者は無罪、心神耗弱《こうじゃく》であれば刑が減軽される。殺人を犯した者の多くは、それらを主張するという。

「捕まる前にやっちまえ」

ゾディアックに言われるまでもなく、そのつもりだった。

次の日から、西口の行動パターンを徹底的に調べることにした。

放課後になると図書館で読書をしているふりをしながら、西口の様子を窺った。そして閉館になると外で西口が出てくるのを待つ。西口が出てきたら、そのあとを尾行した。

西口は大槻西小学校から少し離れたバス停から日野駅行きのバスに乗る。「大槻西小学校前」から乗らないのは、ダイエットのためだろうか。西口は肥満体で腹が突き出ていてみっともない。あの容姿であれば、櫛川先生だけでなく女性だったら誰でも拒否するだろう。殺害の動機がそんなことだったら、尚更許せない。

「女にモテないのは本人の問題で先生にはなんの落ち度もない。そんなことで殺されたらたまったもんじゃないな」

ゾディアックの言葉が頭の中で響いた。

「許すもんか。絶対に先生の仇をとってやる」

「その意気だ」

西口は古い住宅街の路地に入っていく。いつもの帰宅経路だ。しばらく進むと狭くて急峻な石階段に差し掛かる。階段を下りて路地を右折して三十メートルほど直進すると、バス停のある大通りに出る。

「ここがいい」

杏野は階段を下りていく西口を見下ろしながらつぶやいた。長い階段は急なので、西口は一歩一歩確かめるようにして下りていく。両側は古い民家に囲まれていて、廃屋となっている建物も多い。そしてこの路地は人通りがほとんどない。

「絶好のポイントじゃないか」

ゾディアックが喜んでいるように感じた。

次の日は、天気予報が当たって雨降りだった。

杏野は放課後、いつものように西口を尾行した。彼は黒い傘を差して件《くだん》の路地に入っていった。相変わらず人気《ひとけ》がない。強い雨は杏野の傘を叩くようにして降っている。西口は背後の少し離れたところにいる杏野の存在にまるで気づいていないようだ。

やがて彼は階段を下り始めた。雨が降っているのでいつもより注意深くゆっくりと下りている。路面が濡れているため足下が滑りやすくなっている。杏野は足を速めて、西口の背後に近づいた。彼の背中に手を伸ばせば届く距離だ。周囲には誰もいない。そして西口も杏野の気配に気づいていない。

「やれ！」

ゾディアックの声がする。杏野は手を伸ばした。

「どうした、やれ！」

伸ばした手が震えている。

杏野はこれからする行為が人間としての一線を越えてしまうものであることを自覚し

た。その一線を越える勇気がここに来て出せなかった。

「やれ！　やれ！」

ゾディアックが頭の中で急かす。息づかいが荒くなる。幸いにも雨音が杏野の気配をかき消してくれているようだ。西口は振り返ろうとしない。

そのときだった。目の前が暗くなった。それは一瞬のようにも数分のようにも感じた。次に視界が開けたときには、西口の背中が目の前になかった。階段を下りたところに西口が倒れている。さらに激しさを増した雨が杏野の視界をぼやけさせていた。西口の黒い傘が階段の途中に転がっている。

「ぼ、僕がやったのか……」

「そうだ、お前がやったんだ」

杏野は左手で傘を持ちながら、右の手のひらを開いた。

チョーク？

いつの間にか白色のチョークを握っていた。そして足下にそのチョークで描いたと思われるマークがあった。丸印の中心にそれより大きな十字が重ねられている。

このデザインには見覚えがあった。ゾディアックのシンボルマークだ。新聞社に送りつけられた犯行声明文の最後にはこのマークが署名のように書き込まれている。さらには覆面姿のゾディアックに襲われて九死に一生を得た生存者は、このシンボルマークが上着の胸に顕示されていた。

「ゾディアック、お前がやったのか」

杏野の震える声は、雨音にかき消されそうだった。

「いいや、間違いなくやったのはお前さんだ。よくやった」

杏野は慌てて周囲を見回した。通行人の姿はない。振り返ると階段を駆け上がった。

翌日、新聞に西口の死亡を伝える小さな記事が掲載されていた。記事を読んでいると三日ぶりに父親が帰ってきた。新聞を見せながらそれとなく状況を尋ねてみた。

「昨日は大雨だったたろう。路面が濡れていたからそれで足を滑らせたんだろう。あそこは危ないから絶対に近づくな」

父親はそう告げると息子の頭を撫《な》でて再び警察署に戻っていった。

「うまくいったようだな」

ゾディアックが楽しそうに言った……ように思えた。

それから一週間、二週間が経過したが、西口の件で父親を含めて警察官が杏野を訪ねてくることはなかった。その後、正式に事故扱いされていることを父親から知らされた。殺人犯は必ず現場に戻ってくる、となにかの小説で読んだことがあったが、杏野も例外ではなかった。

あのときの光景は今でも覚えている。雨でぼやけた視界、階段下で倒れている西口の姿、そして階段の途中で転がっていた黒い傘。

あれから一ヶ月経った。今日は快晴だ。相変わらず周囲には通行人の姿は認められない。足下を見る。そこにはゾディアックのシンボルマークがくっきりと残されていた。

復讐は終わった。あのとき、突然目の前が真っ暗になった。気がついたら西口が転がり落ちていた。本当に自分の意思で相手の背中を押したのか、自信が持てない。

「間違いなくお前がやったんだ」

杏野の思案に答えるように、ゾディアックの言葉が頭の中に響いた。

「先生の仇がとれたならどうでもいいよ」

「そうか……」

ゾディアックはそれ以上、言葉をかけてこなかった。

それからさらに一週間が経った。櫛川先生の事件の捜査は芳しくないようで、たまに帰宅してくる父親の顔にも疲労の色が浮かんでいた。そんな父親と久しぶりに夕食を共にした。

「父さん」

「なんだ」

父親は疲れたような笑みを向ける。

「図書館の西口さん、階段から落ちた人なんだけど」

「それがどうした」

「西口さん、櫛川先生のことが好きだったっていう噂を聞いたんだよ。もしかしたら、犯人は西口さんじゃないの」

仇討ちという目的は果たせたから、あとは警察が真犯人を特定して終結させてくれればいい。むしろ憔悴《しょうすい》しきった様子の父親を気の毒に思っていたので、杏野はそれとなくヒントを出した。

「ここだけの話だが……」

突然、父親がテーブル越しに顔を近づけてきた。

「父さんは西口さんが怪しいと睨んでいたんだ」

「そうだったんだ。でも死んじゃったからもう逮捕できないね」

櫛川先生のダイイングメッセージの他にも、西口が犯人だと示すものはいくらでも残されていただろう。警察がそれを見逃すはずがない。

「そうじゃない」

父親は首を横に振った。杏野は得も言われぬ不安を覚えた。

「ど、どういうこと？」

思わず声を上ずらせてしまった。しかし父親は息子の急激な変化に気づいていないようだ。

「現場に残されていた犯人の体液のＤＮＡが、西口さんのものとは一致しなかった。つまり彼は犯人ではないということだ」

「は、犯人じゃない？」

「ああ、真犯人は他にいる……って大丈夫か」

杏野は動揺を抑えられなかった。頭の中がかあっと熱くなり、鼓動が激しくなった。

「ちょ、ちょっと気分が悪くなってきた。風邪を引いたかも」

「どれ。熱はないみたいだな」

父親が杏野の額に手を当てて言った。

「風邪の引き始めかもしれないから、もう寝るよ」

「そうか。それがいいな。父さんはこれからまた署に戻るからな」

「うん、櫛川先生を殺した犯人を早く捕まえてね」

「もちろんだ」

杏野はリビングを出ると自室のベッドに潜り込んだ。

無実の人を殺してしまった……。そんなに寒くないはずなのに、体の震えが止まらない。

「気に病むことはないさ、相棒」

「なんでそんなこと言うんだよ」

怒鳴りたい気持ちだったが、父親に聞かれることを怖《おそ》れて声を潜めた。

「目撃者はいなかったし、あの雨ならお前の足跡も髪の毛も唾液もなにもかも洗い流された。そもそも警察は事故死だと断定しているんだ。永久にばれっこない」

「そういう問題じゃない！」

「そういう問題だろ。じゃあ自首でもする気なのか」

「そ、それは……」

杏野はうろたえた。さすがにそのつもりはない。そんなことをすれば自分の将来が潰《つい》えてしまうのも分かるし、なにより父親が絶望にうちひしがれることになる。刑事の職も辞職に追い込まれるだろう。さすがにそれは受け入れられない。

「それになんだ？　お前は櫛川先生の仇討ちを諦めるのか」

犯人に対する復讐の炎は消えていない。むしろさらに激しく燃えさかっている。

「絶対に許せない」

心の声のつもりが、つい言葉が出てしまった。

「大丈夫だ。お前には俺がついている。そして一線を踏み越えたお前には怖れるものはなにもない」

――一線を踏み越えた。

ゾディアックの言葉が妙に心に響いた。

11

「まさか捕まるとは思わなかったね」

マヤが代官山たちに杏野雲の一連の犯行の説明をし終えると、アクリル板越しに杏野は肩をすくめた。

「ヒントを残しすぎなのよ。それもイマジナリーフレンドのゾディアックの手口なのね」

マヤが人差し指を左右に振った。

「あいつはズルいやつさ。目的を果たしたり都合が悪くなれば宿主を替えてしまう。宿主を選べないと言っていたけどね」

杏野は伸びをしながら投げやりな口調で言った。

「つまりあんたはイマジナリーフレンドに責任をなすりつけようとしているのか」

浜田が杏野に人差し指を突きつけた。

「それについては目下、精神鑑定中よ。だから裁判は長引きそうね」

「そんな言い訳が通るわけがない。ゾディアックに取り憑《つ》かれていたなんて誰が信じるもんか」

浜田の意見には代官山も同感だ。解離性同一性障害、いわゆる多重人格ならまだしも、イマジナリーフレンドがかつて実在したゾディアックで、その人物にそそのかされた犯行だなんて荒唐無稽にもほどがある。デキの悪いオカルト映画のようだ。

「ふん。そんなことは分かってる。僕はおそらく死刑になるだろう。だけどこれだけは言わせてもらいたい。イマジナリーフレンドのゾディアックはたしかに存在する。何百年も前から宿主の殺意を促してきたんだ。あいつが入ってきて一線を越えてしまえば、あとは躊躇《ちゅうちょ》することがなかった。それどころか世間が騒ぐのをゲーム感覚で楽しんでいた」

悪びれる様子もない杏野の態度に、胸くそが悪くなった。

「だからゾディアックの研究者になったのね」

「敵を知るにはまず味方からというだろう」

「言い得て妙ね」

ゾディアックがイマジナリーフレンドであれば、敵と味方を兼ねているといえる。

「それにしても実の父親を殺すなんてマトモじゃない」

今度も浜田に同感だ。

杏野雲が最後に殺した人物。それは実の父親、杏野潤だ。代官山たちと同じ刑事である。

「初恋の人を殺されたからよね」

マヤが歌うように言った。

「本当にこいつを姫様が逮捕したんですか」

「そうそう、私の刑事デビューを飾った、記念的第一号よ」

彼女は得意気に胸を張った。そしてそのときの様子を語った。

被害者は杏野潤という定年間近の刑事だった。路上で倒れている状態で発見された。全身に刺傷が認められ、刃物で滅多刺しにされての失血死だった。

刑事である彼を恨む人間は多く、ヤクザやクスリの売人らが容疑者候補にあがった。もちろん一人息子の杏野雲もリストに入っていたが、優先度は低かった。近隣の住民に聞き込みをしたところ、親子関係は良好であるという証言を複数得られたからだ。事件の一週間前に近くの居酒屋で楽しそうに酒を酌み交わしていたという店主の証言もあった。ほろ酔いの父親は「自慢の息子だ」と店主や客たちに自慢していたという。

「ガイシャの左手首を見て、すぐにあなたの犯行じゃないかと思ったの」

「まさかあれを見破る刑事がいるとは思わなかった」

「いくらなんでも分かりやすすぎるわ。だって『@ゾディアック社』だもの」

@ゾディアック社の名前は、代官山も知っている。最近人気のスマートウォッチのメーカーだ。被害者はスマートウォッチを装着していたという。

「＠ゾディアック社の腕時計だから、ゾディアックの研究をしている息子を示していると思ったわけですか」

代官山が聞くとマヤは「あくまでも可能性よ」と答えた。

そういう短絡的……というか思い切った発想が、代官山にはどうしても出てこない。やはり当時、スマートウォッチのメーカーに注目した刑事はいなかったという。当然だ。

「スマートウォッチはストップウォッチモードになっていて『24：44』で止まっていたわ。これも妙に気になったのね。で、彼のことを調べてみたわけ。すると彼は小学五年生のときに、学校の養護教諭が殺された事件の第一発見者になっていた。なにかあるかなって捜査資料を調べてみたら、出てきたわよ、この数字が」

マヤはアクリル板に「２４４４」と指で書いた。

「初めてだったよ、電卓の表示に注目した刑事なんて」

捜査資料には現場の写真が多数収められていて、マヤはその中でデスクの上を写した写真に注目した。電卓には「２４４４」と表示されていたようだ。彼女が言うには、その数字は頭文字を示している。なぜなら被害者の櫛川直江は手紙などに「９４７０」とサインしていたからだ。

それに気づいたマヤは被害者が「２４４４」に該当する事件を調べたという。真っ先にヒットしたのが同じ大槻西小学校の非常勤司書である西口葦也だ。

捜査資料から現場写真を確認してみると、階段の踏み面《づら》にチョークで描かれたゾディアックのシンボルマークが残されていた。当時の捜査員たちはそのマークに注目しなかったようだ。

他にも被害者の頭文字が「２４４４」に該当する殺人事件を調べてみたら、やはり現場にはゾディアックのシンボルを暗示する何らかの痕跡が残されていたという。

そこで犯人はゾディアックと縁《ゆかり》の深い者。当然、マヤは杏野雲に目星をつけたというわけである。

杏野雲は逮捕されると観念したのか父親殺しだけでなく、マヤが指摘した過去の未解決事件の犯行まで自供した。

動機はすべて櫛川直江の仇討ちだった。しかし「２４４４」が誰なのか長い年月にわたって特定できなかったので、ゾディアックに促されて疑わしい該当者を片っ端から殺害することにしたというわけだ。被害者は九人に及ぶという。しかしそのうちの多くは、西口のように事故死として処理されたようだ。無茶な殺しにもほどがある。たしかに常人の思考ではない。

刑法第三十九条が適用されなければ、死刑確実だろう。

「どうして電卓の表示を消さなかったの」

「ゾディアックがそうするように言ったんだ。ヒントのないミステリはフェアじゃないとね」

「だから現場にシンボルを残したのね」

「ヤツには警察に犯行声明文を送るように何度もそそのかされたけど、それは承知しなかった。事件を担当していた父の苦しむ顔を見たくなかったんでね」

杏野は映画俳優のようにヒョイと肩をすくめた。

「その父親が犯人だったなんて、これ以上の皮肉はないわね」

楽しそうなマヤを杏野はほのかに哀しげな表情で見た。

「父が犯人だと知ったのは偶然なんだ。出版社から自宅に郵便物が届いてね。僕も著作を出しているから、てっきり自分宛だと勘違いして開封してしまった。中にはゲラが入っていた。小説のゲラだった。おかしいなと思って封筒の宛名を確かめてみると父親だった。その小説の著者名を見てビックリしたよ」

「なんたって富士獅子男《ふじししお》だものね」

代官山は知らなかったが、富士獅子男はそこそこ名が通っているミステリ作家だという。彼は素性を隠して執筆活動をしている、覆面作家だった。名前はもちろんペンネームである。

「富士獅子男……2444に該当しますね」

その名前を聞いてすぐにピンと来た。公務員だった杏野雲の父親、潤は覆面作家として活動していることを、息子にすら隠していたようだ。非番の日などは書斎に閉じこもっていたことが多かったという。息子は知らなかったが小説の執筆をしていたのだろう。

「杏野くんの自供で大槻西小学校養護教諭殺害事件も解決したわ。杏野潤のＤＮＡが当時現場に残されていた犯人のものと一致したの。もっとも二人はもうこの世にはいないから、動機までは分からない」

小説家志望だった櫛川直江は、プロの覆面作家の杏野潤となんらかの接点があった。創作をきっかけに知り合ったと思われるが、二人の間になんらかのトラブルが起きたのだろう。痴情のもつれかもしれないし、どちらかが相手の小説のアイデアを盗んだのかもしれない。そのせいで櫛川は殺害された。

「事件が迷宮入りしたのも、犯人である父が事件を担当していたからだと思ってる。父は上手く立ち回ったんだ」

「よく実の父親を殺せるもんだな」

浜田が吐き捨てるように言った。

「ヤツに入り込まれると人を殺すことに対する躊躇が鈍化する。ヤツに憑依《ひょうい》された他の人間もそうだったんだろう」

「そんな馬鹿げた話、信じられるか」

「オランダの美術館に殺人現場を描いた作者不詳の絵画がある。中世のものだ。現場の壁には丸印が描かれていて、さらにその丸印には十字架の影が重なっている」

「ゾディアックのシンボル！」

代官山は思わず身を乗り出した。今回の事件と同じだ。

「僕はその絵に描かれた被害者を殺したのは、ゾディアックに憑依された人物だと考えているんだ。それどころかその絵を描いた画家自身ではないかとさえ思っている。ヤツはそうやってさまざまな手がかりを残して人々の反応を楽しんでいるんだ」

「誰が信じるものか、バカバカしい！　ねえ、姫様……」

浜田に声をかけられたマヤは、瞳を大いに輝かせている。

「それで今回の事件なんだけど」

「ああ、ヤツはなんらかの殺意を抱く誰かに憑依したんだろう」

「どういうわけか私を名指しして挑発してきてるのよ」

「ゾディアックらしい演出だな。マヤは名刑事だと認められたってことさ」

「呼び捨てするなっ！」

浜田が拳をアクリル板に叩きつけた。打ち所が悪かったのか手を押さえたまままうずくまったが、鬱陶しいので放置だ。

「とりあえずは、ヤツが残したヒントを解き明かすことだ。今回は大がかりな劇場型犯罪をくり広げている。早く確保しないと、七人が殺される」

「まだいくつか分からないことがあるの」

「ベートーヴェンのＣＤに点字本に芥川龍之介。そして動画には早回しされた形跡がある、か」

杏野は両腕を組んで思考を巡らせた。しばらくして顔をにやつかせた。

「なにか分かったのか！」

浜田が相手に顔を近づけた。

「なんとなくね」

「さっさと教えろ！」

「教えたところで僕になんのメリットがあるというんだい」

「どうすれば教えてくれるの？」

今度はマヤが尋ねた。

「そうだね。僕はもうここから出られないし、死刑になるだろうから命も長くない。そんな僕には心の拠り所が必要だ」

「できるだけ力になるわ」

「君にしては弱気だな。いつも事件を楽しんでいたじゃないか」

「今回はそうも言ってられないのよ。私は犯人から名指しされているでしょ。これ以上被害者が出てしまったら街を歩けなくなる。厄介な話よ」

そのわりに悲愴《ひそう》感は漂わせていない。しかし彼女の主張には頷けるものがある。

「だったら僕にプロポーズしてくれ」

「はあっ!?」

代官山と浜田の間抜けな声が重なった。

「獄中結婚だよ。君がパートナーになってくれれば前向きな気持ちで残りの人生を過ごすことができる」

「ちょ、ちょ、ちょっ……貴様、なにを言ってるんだ！」

アクリル板に飛びかかろうとする浜田の背中をマヤが思いきり引っぱった。浜田は椅子から転げ落ちると後頭部を床に強打した。脳震盪《のうしんとう》を起こしたのか動かなくなった。

「彼、大丈夫？」

杏野は心配そうに言った。マヤも代官山も頷いた。

「どうする？　代官様」

マヤが肘で代官山の腕をつついてきた。

「どうするって……なにをですか」

「私、プロポーズしろって言われてんだけど」

「黒井さんが決めればいいことですよ」

そう答えた代官山自身、本心なのか分からなかった。

「そう、分かったわ」

マヤはキッと代官山を睨みつけると、杏野に向き直った。

「杏野くん、悪いけど私の方からプロポーズはしない主義なの。やっぱりこういうのは殿方から受けたいわ」

「だったらマヤ、僕と結婚してくれ」

「さあ、どうかしら」

マヤは不敵に微笑んだ。

「なるほど、これも駆け引きか。よし、ヒントをあげよう。芥川龍之介は彼の小説のタイトルが手がかりになる。だけどベートーヴェンは、楽曲は関係ない」

「ど、どういうことだよ」

代官山はマヤを見た。彼女は顎を指でさすりながら虚空を見つめている。

「だけどヒントがまだ少ない。早回しされている動画の意味も、ある程度ヒントが揃ってくれば見えてくるはずだ」

「ありがとう。参考にさせてもらうわ」

マヤは席から立ち上がった。代官山も立ち上がると浜田を抱きかかえる。彼は「ううん」と意識を取り戻し始めている。

「マヤ」

杏野に呼びかけられてマヤは振り返った。

「今度の相手は手強いぞ。気をつけて」

「また来るわね」

彼女はバイバイしながら部屋を出た。代官山も浜田に肩を貸して引きずりながら彼女に続いた。

12

四日後。

「やあ、こんばんは、オズさんだ。名刑事の黒井マヤさん、そろそろ私の正体に気づいたようだね。二月六日に東京拘置所に赴いたのはそういうことだろう。彼は元気だったかね」

ネオチューブの動画には覆面と黒装束姿の人物が映っている。まるで中世の死刑執行人を思わせる出で立ちだ。胸にはゾディアックのシンボルマークが見える。もはや、自身がゾディアックであることを隠すつもりはないようだ。音声はいつものように幼女の棒読み、人工音声である。当然、声紋から人物を特定することはできない。

ゾディアックの言う「彼」が、杏野雲であることは間違いない。ということは、ゾディアックはマヤの行動を監視しているということになる。

尾行されていたのか……。代官山は歯ぎしりをした。

「今回の犠牲者はこちらの女性だ」

ゾディアックがファインダーの外に移動すると、椅子でぐったりしている若い女性が現れた。モニター越しにでも、すでに息をしていないことが分かる。白いシャツは鮮血で染まっている。

「君たち警察がもう少し有能だったら、この女性も死なずに済んだのに、実に気の毒だ。ターゲットはあと三人。俺は黒井マヤさんにラブレターを書いた。全国紙である五紙の一面に、俺のラブレターを掲載しろ。そうすれば五人目の殺害を少し待ってやろう。暗号解読のための猶予期間だ」

カメラはぐるりと回って部屋の光景を映し出した。今回はどうやら、がらんどうの雑居ビルかなにかの一室のようだ。椅子の上で息絶えている女性以外、家具らしきものは見当たらない。壁は打ちっぱなしのコンクリートで天井には配管が通っている。カーテンのない小窓から外の風景が見える。すぐ近くに特徴的な赤いビルが建っていた。

「ふざけやがって！」

代官山は拳を握りしめた。

マヤは若い女性の死体に顔を近づけて検分している。彼女は、これまでの被害者と同じように椅子に座ったまま息絶えていた。

ここは世田谷区にある千歳烏山《ちとせからすやま》駅から少し離れた、寂れた商店街に建つ三階建ての雑居ビルだ。相当に年季が入っていてテナントはひとつも入居しておらず、廃ビル同然となっている。

現場は二階の一室で入口扉の鍵は何者かによって壊されていた。防犯カメラも設置されていない。女性はなんらかの方法で室内に拉致されたようだ。

「胸部を滅多刺しにされた挙げ句の失血死だね。楽には死なせてもらえなかったようだ」

鑑識の駒田がマヤに報告している。今までの被害者はすべて若い女性だったが、性的暴行を受けた痕跡が認められなかったのは、遺族にとって救いと言えるだろうか。

「今回も杏野雲のときのように、手当たり次第の殺人かもしれませんね」

代官山はマヤにそっと告げた。杏野は櫛川直江を殺害した真犯人を特定できず、「2444」に該当し、さらに容疑濃厚な人間を手当たり次第に殺害していった。それは少年時代から大人になっても続き、真犯人である父親を含めて十人もの人間の命を奪った。

「とにかく犯人はゲームとして楽しんでいるわよ。それにしても今回はお粗末な現場ね。五十二点といったところかしら」

マヤは不機嫌そうに言った。

現場は今までとは少し変わっていた。まず丸印と十字架のオブジェが見当たらない。それがゾディアックのシンボルであるとマヤが気づいたことが、犯人に伝わったからだろう。それに伴って小津酸株式会社を示すものもなくなっていた。

その代わり、被害者の女性は、封筒を握らされていた。封にはハートマークのシールが貼られていた。駒田は慎重な手つきでその封筒を取り出した。


夜になって警視庁本部で捜査会議が開かれた。

被害者は戸山由香梨《とやまゆかり》。二十七歳の女性だ。動画は今までと同様、早回し処理されており、今回の再生時間は十五秒だった。

明らかに雛壇の幹部連中たちの顔には憔悴の色が見えていた。今日も司会を務める渋谷係長は額に脂汗を滲ませている。彼にはこれまでマヤが導いてきた推理のすべてを逐一報告してある。しかし犯人特定にはほど遠かった。

さらに刑事たちから上がってくる報告にもめぼしいものはない。動画のアップロードには相変わらず繁華街のフリーWi-Fiが使われているので特定困難だという。

「これが封筒に入っていた、犯人が作成したと思われる手紙の内容だ」

手紙の文面がプロジェクターを通してスクリーンに映し出された。それを見た刑事たちがどよめいた。アルファベットや数字、意味不明な記号が並んでいる。アルファベットも向きが変えられていたり、記号もシンプルなものから複雑なものまで、デザインはさまざまである。警視庁随一の博学王浜田によれば、それらはギリシア文字、モールス符号、天気記号、占星術の記号などであるらしい。

「一九六〇年代から七〇年代にかけて、カリフォルニア州サンフランシスコで発生したゾディアック事件の暗号文によく似てます。犯人は当時の事件と同じように、新聞掲載を要求しています」

白金不二子はスクリーンにポインターを当てながら解説を加えた。

「当時、あの暗号を解読したのはＦＢＩでもＣＩＡでもなくて、高校で歴史を教えていたドナルド・ジーン・ハーデンという教師だったんですよ。奥さんと協力して解読したそうです」

すかさず浜田が蘊蓄を語る。

だがそんな彼らの協力があっても、ゾディアック事件の犯人を捕まえることはできなかった。

そして今、代官山たちはその犯人と対峙《たいじ》しているのかもしれないのだ。

「先ほど暗号文を一面に掲載するよう、各新聞社に要請しました。我々も暗号解読班を結成して、さっそく作業に当たらせています。早期解読を実現するために市民に呼びかける予定です。解読できたら百万円の懸賞金。実際、アメリカのゾディアック事件もそうやって暗号が解読されました」

白金が力強い口調で伝える。会場の刑事たちは、呆れたようなため息を漏らした。

「ふん、いよいよ劇場型犯罪の真骨頂といったところね」

マヤが鼻を鳴らす。

「百万円かぁ、大金ですね」

「代官様も取り組んでみたら？」

「パズルとか苦手なんですよね」

「代官山さんには無理だと思いますよ。ゾディアックの暗号は、すべて解読できたわけではないんですから」

浜田によれば高校教師が解読したのはゾディアックが送ってきた暗号文の一部だという。

「とにかく新聞掲載すれば猶予期間を与えてくれるって言うんだから、その間に解読するしかないわね」

「俺たち、完全にゾディアックに踊らされていますね」

そして捜査会議は、捜査員たちに忸怩《じくじ》たる思いを残しながら散会した。

次の日。代官山たちはまたも東京拘置所の面会室にいた。アクリル板を通して杏野雲が愉快そうにマヤを見つめている。

「あなたに解ける？」

マヤは今朝の朝刊を差し出した。一面にゾディアックからの「ラブレター」が掲載されている。テレビのワイドショーもこの話題で持ちきりだ。

マヤも注目されているので電車や地下鉄に乗ることができず、移動はすべて警察車両だ。代官山が運転手を務めている。

「あいつ、相変わらずだな」

暗号を前にした杏野の瞳はキラリと輝いた。

「警視庁も解読班を結成して昨夜から徹夜で取り組んでいるんだけど、難しいみたいよ」

「そりゃそうだ。ゾディアック暗号の難易度はトリプルA級だからね」

「あなた、ゾディアック研究の第一人者でしょ。解読できるわよね」

「そんな挑発には乗らないよ。解読できたら僕のプロポーズを受けてくれるというのなら話は別だけど」

「調子に乗るなっ！」

激昂《げきこう》した浜田が相手に飛びかかろうとしてアクリル板に顔面を強打する。もちろん誰も相手にしない。

「あなたが他の誰よりも早く解読できたら受けてもいいわ」

「マジですか」

代官山は思わず聞き返した。

「私を獲られたくなかったら、彼より先に解読して」

「い、いや、そんな……」

代官山は思わぬ展開にうろたえる。

「代官山さん、僕も手伝います！　あんなやつに姫様を獲られてなるものかっ！」

「なにが書いてあるのか楽しみだよ」

杏野は不敵な笑みを向けた。

13

一週間後、警視庁捜査一課三係のオフィス。

「ああ、ダメだ、ダメだ！」

デスクに座った浜田が、頭をクシャクシャに掻き回した。ここ数日、彼のそんな姿を何度も目にしている。代官山たちは聞き込み捜査を続けながら、暗号解読にも勤しんだ。浜田ほどの頭脳の持ち主でも苦戦しているのだ。代官山では太刀打ちもできない。マヤも解読に取り組んでいるが、その気難しそうな表情から進捗は芳しくないようだ。

市民には百万円の懸賞金で公募された。しかしまだ解読に成功したという報告は上がってこない。警視庁の暗号解読班も成果が出せていないようだ。解読班長は捜査会議で連日、一課長に怒鳴られている。

マスコミもそろそろ警察批判の論調に向かっている。今朝の記事では初動ミスを指摘されていた。

マヤに対する評価も辛辣《しんらつ》になってきている。「警察庁次長の父親の威を借りて横暴な振る舞いをくり返している」という内容の記事もあった。もっともそのとおりであるどころか、実際はさらに悪質なのだが。

「杏野はどうなってます？」

浜田が尋ねてきた。

「まだ解読に成功したという報告はないです」

ゾディアック研究の第一人者でも苦闘しているようだ。

「あいつだけには負けるわけにはいきませんよ。僕たちで姫様を守るんです」

浜田は拳を振り回しながら言った。目の下には真っ黒な隈ができている。彼はもう四日も睡眠を取っていない。

「浜田さん、少し休んだ方がいいですよ」

「何言ってるんですか！　姫様を守るためだったら命なんか惜しくないです」

マヤに聞こえるように声を上げているが、彼女はまるで反応しない。浜田のことが本格的に気の毒になってきた。ここまで徹底的に報われない人間には出会ったことがない。

「おい、動画だ！　動画が配信されたぞ」

渋谷がオフィスに飛び込んできた。

「マジですかっ!?」

代官山はネオチューブを立ち上げる。オススメ動画に「ゾディアックからの挑戦状５」というタイトルが表示されている。アップロードされたのはほんの三十分ほど前だが、視聴数はすでに十万を超えていた。ＳＮＳではすでに祭り状態になっていた。

代官山は動画のサムネイルをクリックした。直後に動画が再生される。

今回もいつもと同じく、部屋の一室だった。今回も雑居ビルのようだ。壁はコンクリートで天井には配管が見える。

窓から外の景色が見えた。今回は鉄塔らしきものが窺える。ネット民たちはすでに建物を特定しているだろう。そのビルには野次馬が集合しているに違いない。荒らされる前に警察が現場保存しなくてはならない。

「やあ、ごきげんよう。私はゾディアックだ」

前回と同じく覆面姿の犯人は幼女の棒読みを思わせる人工音声で「ゾディアック」と名乗った。胸にはシンボルマークが刻まれている。

「警視庁捜査一課の黒井マヤさん。どうやら私は君を買いかぶっていたようだ。いろいろとヒントを与えているが、いまだに私を捕まえられないではないか。そして宿題に出した暗号文。まだ解読できないのかね。申し訳ないがすっかり待ちくたびれてしまい、私はまた一人殺してしまったよ。殺人はなにものにも代えがたい快楽だからね」

ゾディアックがファインダーの外へ移動すると、椅子の上でぐったりしている若い女性が映った。まるでセルロイド人形のように生気がない。いや、明らかに息をしていない。

「くそぉっ！」

代官山は自分の膝に拳骨を打ちつけた。またも被害者が出てしまった。もう五人目だ。

「そして今回も宿題の暗号文だ。壁に貼りつけておくよ。さあ、どうする、黒井マヤさん。次の儀式は四日後だ。今回は特別に次のターゲットの名前に関するヒントを出してやろう。暗号とは別だ。ヒントはこの映像にある。目を皿のようにしてよぉく捜すことだ。ヒントを解き明かせば四日後の被害者を救えるかもしれないぞ」

そこで映像は途切れた。

「まだ暗号も解読できてないっていうのに次から次へと！」

動画を見終わった渋谷が近くに置かれていたゴミ箱を蹴飛ばした。それが浜田の顔面を直撃して彼は転倒する。もはや三係におけるお約束みたいなものだ。

「係長、今は暗号解読よりも次の被害者特定を優先するべきです」

「そ、そうだな！　代官様、なんとか頼んだぞ」

渋谷は小声で言った。

「お、俺ですか!?」

「お姫がいるだろ。なんとかしろ。もう彼女の立場も相当にマズいことになってるぞ」

そのときだった。

「黒井巡査部長！」

白金が乗り込むように姿を現した。

「か、管理官」

渋谷が目を丸くした。マヤもポカンとした顔を向けている。白金はツカツカと足音を立ててマヤに近づいた。

「解読できたわ」

白金はマヤに文書を差し出した。

「誰が解読したんですか」

文書に目を通したマヤが白金に尋ねる。

「暗号マニアのネオチューバーよ」

白金が答えると浜田が「よっしゃあっ！」とガッツポーズを取った。これでマヤと杏野の獄中結婚がなくなったというわけだ。

「浜田警部！」

白金の怒号に一同、のけぞった。

「なにを喜んでいるの!?　我々が市民に先を越されたのよ！」

白金は苛立たしげに言った。暗号解読班よりも先に一般市民が解読してしまったのだから無理もない。これでまたマスコミ連中に無能ぶりを叩かれるだろう。逆に解読したネオチューバーは話題になってチャンネル登録者数も激増するだろう。

「す、す、すいましぇん」

浜田は泣きそうな声で謝った。

「で、なんて書いてあるんですか」

代官山と渋谷はマヤに近づくと文書に目を通した。浜田は両親に厳しく叱《しか》られた子供のように離れたところでうずくまっている。

「な、なんですか？　これは」

渋谷は目を白黒させた。代官山にも意味が分からなかった。なにやら小説の一節を引用してきたような文章だった。

「解読したネオチューバーはご丁寧に出典元まで特定してくれたそうよ。この文章は一九九八年に民明書房から刊行された『ギリシア神話・メデューサ、神々の戦い』の一節らしいわ」

「そのネオチューバーにはちゃんと百万円払ってやってくださいね」

マヤがからかうような口調で言った。

「黒井巡査部長。今すぐにでも犯人を確保できないとあなた自身もあなたのお父さんもマズいことになるわ。分かってるでしょ」

白金はマヤの瞳を覗き込むようにして訴えた。

「そんなこと言われたってぇ。責任は上司にあるんじゃないですか。こういうとき責任を取るのが管理官、あなたの仕事ですよね。ていうかあなたにはそのくらいしかやることがないでしょ」

マヤの挑発的な物言いに白金の眉間《みけん》の皺が深くなった。

「く、黒井さん！」

宥《なだ》めようとする代官山を白金が制した。そしてジャケットの皺を伸ばすと姿勢を正して、マヤに向き直った。

「たしかにそうね。責任はすべて私が取る。手段は任せるわ。だから今すぐ犯人を逮捕してきなさい」

「私みたいな小娘相手になにを期待しているのか分かりませんけど、今回ばかりは約束できません。相手はあのゾディアックですよ」

「本物ではないでしょう。映画を観すぎておかしくなった模倣犯よ」

「管理官はなんにも分かっていないようですね」

マヤは小さく息を吐いた。

杏野雲に憑依していたゾディアックが犯人に乗り移った、と彼女は確信しているようだ。

代官山はいまだに受け入れることができない。あまりにも荒唐無稽だ。

「なにが分かってないって言うのです」

「おそらく……我々警察は負けると思います」

「な、なにを言い出すの……」

白金は声を震わせた。

しかし先ほどとは違って、マヤの表情に相手をおちょくったり茶化したりするような様子は窺えない。至って真顔だった。彼女は真面目に真摯《しんし》に白金と向き合っている。

「とにかく次の被害者を特定します。まずはそれでしょう」

「え、ええ……頼んだわ」

白金の表情には焦りが浮かんでいた。彼女が心配しているのは自分の立場ではない。

被害者がこれ以上増えてしまうことだ。

「代官様、分かってるよな」

すかさず渋谷が近づいてきた。

代官山は頷いた。これ以上、被害者を増やすわけにはいかない。相手が誰だろうと食い止めなければならない。そのためには自分がマヤを発奮させるしかない。今まで自分の立場に不満を抱いていたが、今回ばかりは重要な職務だという自覚が芽生えていた。

14

次の日。

第五の殺人の被害者は小宮山希美《こみやまのぞみ》という二十三歳の女性だった。都内の大手証券会社勤務。会社帰りに拉致されて足立区某所にある廃ビルの三階で殺害された。現場はもちろん、周囲の防犯カメラも調べてみたが、今回も犯人の特定には至っていない。そして今回もマヤは動画の再生時間に注目しているようだった。今回は二十秒だ。

代官山は杏野雲に向けてアクリル板越しに第五の殺人の詳細を説明した。彼は顎をさすりながらじっと耳を傾けていた。隣の浜田は杏野を睨みつけている。

ここはもちろん東京拘置所の面会室だ。受付の所員の顔も面会室までの複雑な経路も覚えた。同じ建物の中に社会を震撼させた死刑囚が収監されているのかと思うと妙な緊張感を覚える。思えば目の前の杏野もそのうちの一人だ。

「残念だったわね。タッチの差だったわ」

マヤが言うと、杏野は悔しそうに顔を歪めた。

「三十分差だったそうじゃないか。僕より早く解読できるヤツがいるなんて思いもしなかった」

「東大舐めるな」

浜田が嬉しそうに言った。

解読したネオチューバーは東大卒だという。コードトーカーやエニグマなど暗号の歴史を解説する動画を配信していて、代官山も視聴したがなかなかのイケメンである。さらに内容も興味深いものだった。さっそくテレビでも「暗号ネオチューバー」としても て囃《はや》されていた。

そしてマヤは暗号文の内容が一九九八年に民明書房から刊行された『ギリシア神話・メデューサ、神々の戦い』という書籍の一節であることを伝えた。

「メデューサはギリシア神話に出てくる怪物だ。ゴルゴーン三姉妹の三女で、その名前は女王を意味する」

浜田は杏野に蘊蓄を傾けた。

「長女がステンノー、次女がエウリュアレーだよね」

杏野も知っていたようだ。浜田は不機嫌そうに舌打ちをした。

姉妹はともかく、メデューサは代官山も知っている。その姿を見た者を石に変える能力を持ち、頭髪は無数の毒蛇となっている。子供のころ、漫画で読んだことがある。その顔を描いた絵画作品も多数ある。いずれもおぞましい形相《ぎょうそう》をしている。子供が見たら泣き出してしまいそうだ。

「今回も現場に暗号文が残されていたわ」

「見せてくれ」

杏野は指招きをしながら促した。マヤは暗号文が印字された紙をアクリル板に押しつけた。

「今回は短いな」

それから杏野は解読作業に入った。十分ほどで「終わったよ」と告げてきた。彼は外国語を口にした。発音からフランス語のように聞こえた。

彼はアクリル板に息を吹きかけると文字を書き始めた。

「L'Affaire d'une nuit」

「夜の事件、または夜の出来事という意味かな」

「さすがね。正解だわ」

「つまらない答え合わせだ。前回の解読法を応用するだけの話だからな」

今回もさっそく暗号ネオチューバーが解読して、解説動画を配信していた。他にも多くの人間が取り組んでいたようで、彼より先に警察に解読結果の報告が多数寄せられていた。もちろん警視庁の解読班も早々に解読に成功している。

「で、これにどういう意味があるんだい？」

杏野は、解読はできたがその意味までは分かっていないようだ。

「実はこれ、フランス映画のタイトルなの。一九六〇年の古い映画よ」

解読された文を見た、鑑識員で映画マニアの駒田がフランス映画のタイトルを指摘した。代官山たちはすぐにＤＶＤを取り寄せて内容を確認した。

マヤはストーリーを簡潔に説明した。パリの街角でたまたま友人夫妻に会った主人公が、友人の妻とのアバンチュールを画策するという内容だ。エスプリに富んだ恋愛劇なところがいかにもフランス映画だ。

「へえ、知らないな。邦題はついているのかい?」

「粋なタイトルよ。『艶ほくろ』っていうの」

「なるほど。実に面白いね。映画のタイトルを使ってくるとは思わなかった」

杏野はなにを面白いと思ったのだろう。

「あなたはもう少し前に気づいていたんでしょう」

「まあね。でもまだ確信を持っていたわけじゃない。もう少しヒントが欲しいところだ」

「ええ。現状ではまだたどり着けないわね」

やはりマヤはなにかに気づいている。杏野に至っては彼女より早くに着目していたようだ。

代官山の心は躍った。しかしまだ食いつかない。二人に会話を進めてもらおう。

「他にヒントはないのか。ゾディアックは凝り性だ。思いがけないところにヒントを残す。それらに気づかないと真相には近づけない」

「数字が挿入されていたわ。サブリミナルみたいに」

「ほぉ、それも面白そうだな」

杏野が大いに関心を示した。

科捜研が動画を検証したところ、二つの数字が一コマずつ表示されていたことが分かった。ネオチューブの視聴者たちからも多数の通報が入っている。巷《ちまた》では暗号解読や画像解析で盛り上がっているようだ。

ネット民たちは警察よりも早く、現場の所在地を特定する。アマチュアの捜査員たちが犯人像のプロファイリングで白熱している。捜査本部も彼らからの情報を無視できない状況である。

マヤは二つの数字が書かれたメモ帳を杏野に示した。

「００２５５と０１２８０か」

二つの数字はそれぞれ一コマ映っているだけなので人間の目では認知できない。動画を漫然と眺めているだけでは見落としてしまう。

「これがなにを意味するか分かる？」

マヤが不敵な笑みを浮かべた。

「僕が気づかないとでも思ってる？」

杏野も不敵な笑みを返す。

「これの意味が分かるんですか」

代官山には数字の意味がまるで見えてこなかった。

「ていうか、代官様、まだ気づいてなかったの」

「え、ええ……浜田さんはどうですか」

代官山は浜田に振った。

「ええっと……色かな」

浜田は自信なげに答える。

「へえ、さすがは東大卒ね。やるじゃん」

「全然大したことないですよ。ワハハハハ」

浜田は肩を揺らしながら呵々と笑った。当てずっぽうが当たったようだが、代官山にはその当てずっぽうすら浮かばない。

「どういうことですか」

代官山は小声で浜田に尋ねた。

「色が十進法で表されてるんですよ」

「ジッシンホウ？」

浜田はアクリル板に息を吹きかけて曇らせると二つの数字を書いた。彼はそれらの数字にカンマを打った。

「0, 0, 255」

「0, 128, 0」

代官山はしばらく数字を凝視したが、なにも見えてこなかった。浜田は「色かな」と言っていたが……。

「光の三原色ですよ。パソコンの画面上のすべての色は赤・緑・青の三色の組み合わせで表現されます。パソコンで色を指定するときカラーコードを使うんですが、それがこの数字です」

それから浜田のカラーコードに関するレクチャーが三分ほど続いた。

赤（Red）、緑（Green）、青（Blue）の三色を最も基本の色として「光の三原色」と呼ぶ。この三つの色の明るさの組み合わせでほとんどの色を作り出すことができる。三色の明るさを数値化したものがカラーコードだという。

「つまりこの数字は色を表しているというわけですか」

浜田は頷いた。「0, 0, 255」は青、そして「0, 128, 0」は緑を示すという。

「青と緑。これが次の被害者のヒントになるそうよ」

マヤの言うとおり、犯人は次の被害者のヒントは動画の中にあると言っていた。

「マヤはどういう意味だと思う？」

「だから呼び捨て……」

代官山は、杏野に飛びかかろうとする浜田の襟を後ろに引っぱった。ここは大事なところだ。邪魔をさせるわけにはいかない。浜田が椅子から転げ落ちたが無視した。

「ゾディアックは被害者の名前のヒントと言っていた。だから姓と名に青と緑が入るのね」

「そういうことだろうね」

杏野が人差し指を立てながら同意した。

「氏名に青と緑が含まれる！」

代官山は立ち上がった。

こうしてはいられない。すぐに渋谷に報告しなくては。

15

次の日。

早朝の捜査会議を終えて外に出ようとすると警視庁の前には人だかりができていた。

「まずいなあ」

代官山は浜田と顔を見合わせた。制服姿の警察官たちが群衆を押し留めている。

「今朝の新聞を読んだ連中がパニックを起こしているんですよ」

昨日配信されたネオチューブの映像の中にカラーコードと思われる二つの数字がそれぞれ一コマだけ挿入されていた。マヤと杏野はそれらは色を示していると推理したが、検証や考察好きのネオチューバーたちも同じ結論に至ったようだ。

さっそくそのことはネット上で話題となり、今朝の新聞の一面記事にもなった。

「こうなるから伏せておいたのに」

代官山は舌打ちをした。警察はパニックになることを危惧してカラーコードの情報をマスコミには流さなかった。しかしそれはネオチューバーたちには意味を成さなかったようだ。

「ちょ、黒井さん！」

マヤが涼しい顔をして群衆に近づいていく。代官山は慌てて彼女の腕を摑《つか》んだ。

「なによ」

「今、彼らに近づいたらマズいですって！」

「こんな平日にこんなところに来られるなんて、ろくに仕事もしていない底辺の連中よ。上級国民である私たちが気にすることなんてないわ」

「そんなこと言ってる場合じゃないでしょう」

マヤは犯人から名指しされていて、さらに彼女の顔写真はメディアやネットでも出回っているのだ。ファンクラブも把握されているだけで五団体も結成されている。

「おい！　黒井マヤじゃないかっ！」

男性の一人が目ざとく彼女を見つけた。群衆の視線が一斉に彼女に向いた。

「マジ、マズい！」

群衆が警官たちを突き飛ばしてこちらに向かってきた。代官山と浜田はマヤの前に出て彼女を守る。警察官や他の職員たちも駆けつけてきた。

「犯人はまだ逮捕できないのか！」

「私の娘の名前に青と緑が入っているのよ」

「うちの娘もそうだ！」

「私自身がそうなのよ、私は殺されるの!?」

「警察はなにをやっているんだ！　この税金泥棒め」

群衆は完全にパニック状態に陥っていた。特に本人や家族の名前に色が入っている者たちは血相を変えている。

「我々は必死で捜査しています！　落ち着いてください！」

代官山も必死になって群衆を留めながら声を張り上げた。他の警察官や職員たちも同じだ。

背後に立つマヤを見ると、彼女は怯えや怒りを露わにする市民たちを眺めていた。まるでネガティブな感情に支配されている彼らの表情の変化や行動を観察しているようだ。

「黒井マヤさん、コメントお願いします！」

マスコミ関係と思われる男性がＩＣレコーダーを向けながら叫んだ。

「そうだそうだ！　黒井マヤ、なんとか言えよ」

「警察官としての責任を果たせ」

「コメントしろ！」

群衆の中で男性に同調する声が上がった。

マヤは面倒臭そうに肩をすくめている。

「なんだ、その態度は！」

「私たちの血税で養われているんだから、職務を果たしなさいよ」

マヤの態度がさらに火に油を注ぐこととなった。群衆は先ほどよりさらに増えている。

それに伴ってガードする職員も増えた。理性を失った群衆にここを突破されたらとんでもないことになる。

「しょうがないわねえ」

彼女は右手を挙げながら一歩前に出た。

「黒井さん、ダメです」

「私がコメントしなきゃ、収まらないでしょう」

「上の許可もなしにマズいですよ」

こういうのは広報の仕事だ。公に流す情報は厳密に管理されている。いち刑事の判断できることではない。

「そんなの知ったこっちゃないわ」

マヤはほんのりと笑みを浮かべている。明らかにこの状況を楽しんでいる。目の前の市民たちが追いつめられて苦しんでいる。彼女はそれが愉快でならないのだ。

「浜田くん、拡声器を用意して」

「は、はい！」

浜田がその場を離れて庁舎に飛び込んでいった。間もなく拡声器を手にして戻ってきた。

「あー、あー、ただいまマイクのテスト中」

マヤが拡声器の調子を試した。すると群衆の騒ぎがピタリと収まった。

「大丈夫かなあ」

「代官山さん、ここは姫様を信じましょう」

「とてつもなく嫌な予感しかしないんですけど」

「大丈夫ですよ。きっと姫様はやってくれますって」

世界随一のマヤ信者である浜田が力強く言った。

今までそれで何度裏切られてきたと思っているんだ。

「浜田くん、足場になって」

マヤは顎先を地面に向けながら言った。

「喜んでっ！」

浜田は健気《けなげ》にその場に四つん這いになった。マヤは浜田の背中を足場とした。浜田は歯を食いしばる音が聞こえてきそうな表情になった。マヤはジャケットの皺を伸ばしている。そして拡声器を口元に近づけた。

「お集まりの皆さん、おはようございます。私は警視庁捜査一課三係、巡査部長の黒井マヤです」

群衆の中からどよめきと拍手と「マヤちゃーん」という男性たちのコールが飛んだ。

「えー、今回の事件についてですが、我々警察も捜査に全力を尽くしているところです」

マヤの声が庁舎前に広がった。それを聞きつけた人間がさらに寄ってきているようだ。

「結果を出せよ、結果を！」

「マヤちゃん、頑張れ！」

野次と声援が飛び交う。ただの抗議デモとは違う異様な空気だ。

「今回の敵はかなり手強いと言わざるを得ません。しかしご安心ください。私の超絶推理によって犯人像はかなり絞り込まれています」

彼女は必要以上に力強い声で告げた。相当に芝居がかっている。代官山には茶化しているようにしか思えない。

「だったらさっさと逮捕してこいよ！」

「マヤちゃん、愛してるぅ！」

マヤが発言をするたびに野次と声援が重ねられる。代官山は押し寄せてくる群衆を全身でガードした。しかしそれも限界が近い。

「代官様、どういうことだ！」

背後から渋谷に腕を摑まれた。彼の顔面は蒼白《そうはく》になっている。それはそうだろう。一課長や管理官に怒鳴られる事態だ。

「しょうがないじゃないですか。係長も手伝ってくださいよ」

「あ、ああ……」

渋谷もガードに加わった。それでもこの群衆では焼け石に水だ。

「ただですねぇ、ぶっちゃけますと、犯人確保まではもう少し時間がかかりそうです。あと二つ三つ、ヒントが必要なんですよね。そのためにはもう少し被害者が出てしまうと思います。皆さんの寛大なご理解のほどよろしくお願い申し上げます」

マヤは拡声器を口元から離すと丁寧にお辞儀をした。

「ふざけんなあ！」

「あのアマ、やっちまえ！」

「うちの娘はどうなるのよ！」

マヤの演説が群衆の怒りに火をつけたようだ。

「マズい！」

代官山はマヤの手を引いてその場を離れると庁舎の中に逃げ込んだ。振り返ると群衆が職員のガードを突破してこちらに向かってくる。

「黒井さん、上に避難してください」

「代官様はどうするの」

「俺はここを食い止めます。先に行ってください」

「その台詞、死亡フラグよ。笑える」

「た、たしかに……」

映画やドラマで代官山のような台詞を吐いたキャラクターは大抵死ぬ。

「とにかく急いで！」

そうこうするうちに群衆が押し寄せてきた。いつの間にか職員たちも集まっている。

「じゃあ、頑張ってね」

マヤはバイバイと手を振りながらエレベーターホールに向かった。

「皆さん、落ち着いてください」

代官山は通せんぼのポーズを取って立ちはだかった。他の職員たちもここから先は通さないと言わんばかりに防衛線を張っている。

「警視総監を出せ！」

「黒井マヤを呼んでこい！」

群衆はおかまいなしに押してくる。代官山は全身で押し戻そうとするも、逆に押し返される。靴底が床面をズルズルと滑っている。

「我々は必ず犯人を……あっ！」

目の前が真っ黒になり星が飛んだ。鼻に激痛が走る。誰かに殴られたと分かったとき、それが合図となったように群衆は暴徒化した。職員たちを殴りつけて庁舎内に次々と駆け込んでいく。鼻を拭うと血がベッタリとついていた。しかしそんなことを気にしてはいられない。

「うわあああああっ！」

代官山は庁舎に入ろうとする人間を片っ端から突き飛ばした。何人かは床に転げ落ちた。暴力は御法度だが、これは緊急行為だ。他の職員たちも同じことをしている。

突き飛ばされて立ち上がった男性の一人が代官山に殴りかかってきた。代官山はそれをよけると相手の手を取って逆に捻った。男性は痛みでその場に膝を突いた。

「降参！　降参！」

男性が悲鳴を上げたので代官山は手を離してやった。

「頼むから、俺たち警察を信じてくれ。犯人は必ず捕まえる」

「適当なこと言うな。もう五人も殺されているんだぞ」

男性は涙を浮かべながら代官山を見上げた。

「なんとしてでも食い止める。だから俺たちの仕事の邪魔をしないでくれ」

「俺のばあちゃんの名前は青山緑子《あおやまみどりこ》っていうんだ」

年齢を尋ねると百三歳と答えた。

「多分、大丈夫だと思う。でも、心配だよな」

代官山は男性に手を貸した。彼は立ち上がると恨めしそうな顔で頷いた。

16

「黒井巡査部長、なんてことをしてくれたんですかっ！」

白金が眉毛をつり上げてマヤを怒鳴りつけた。ここは警視庁内にある白金の部屋だ。

機動隊のおかげで一時間前になんとか騒動が収まった。この様子は早くもネオチューブに配信されている。

今、ゾディアック関連の動画はネオチューバーたちにとって実に「おいしい」案件となっているらしい。ゾディアック事件をネタにした動画の再生数がいずれも激増しているのだ。

「良かれと思っての行動なんですけどね」

「なにが良かれですか！　機動隊が動員される事態になったじゃないですか」

「まあまあ、落ち着いてくださいよ、管理官。血圧が上がりますよ」

マヤは小馬鹿にするように言った。

「あなたねぇ……」

白金が怒りを露わにした目つきで睨みつけた。

「黒井さん、もう止めてくださいよぉ」

代官山が小声でマヤを制するも聞く耳を持たない。

「管理官、言いましたよね。私に手段は任せる、責任はすべて取るって」

「そ、それは……」

白金がわずかに怯《ひる》んだ。

「さあ管理官、ちゃんと責任を取ってくださいね。部下の失態は上司の責任ですよぉ」

マヤが歌うように言った。

「ええ、責任くらい取るわよ。私は職を辞するくらいの覚悟があります」

白金は半ばやけくそといった様子で胸を張った。

なんか、可愛い。

「へえ、さすがは我が黒百合女子学園ＯＧの星ですね。私も見習わないと」

マヤは相変わらず白々しい。

「ところで青と緑の氏名についてはどうなんですか？」

代官山は白金に尋ねた。聞きたいことでもあったが、この質問をきっかけに空気を変えたいという気持ちもある。

「該当者数は把握しているだけでも数百人規模です」

「やっぱりそんなにいるんですか」

氏名に青と緑の両方となるとそれなりに絞られると思ったが、たとえば青には碧や蒼などがあるし、ブルーだって該当するかもしれない。人気ネオチューバーに青山グリーンという女性がいるが、彼女も該当すると動画の中で怯えていた。その氏名が本名なのか分からないが、芸名や筆名まで勘案するとキリがない。

「該当者には家族や友人などと一緒にいて、なるべく一人にならないよう呼びかけています。問題は家出人など連絡が取れない人が相当数いることです」

白金の言うとおり現実的には該当する者たち自身で拉致されないよう、対処してもらうしかない。理想はそれまでに犯人を確保することだが。期限は四日後と言っていたから明後日だ。

「他はどうなんですか？　現場に残されていたベートーヴェンのCDや点字本や芥川龍之介の写真。それにメデューサ、そして今回のフランス語の映画タイトルです」

「それらについても鋭意捜査中です。文学や音楽や映画の専門家たちにも当たってますが、それらに共通点は見えてきません。いったいどういう意味があるのか……」

「黒井さん、そろそろ教えてくれませんか。本当は分かっているんでしょう」

代官山はマヤに向けた。

「どうしてそう思うの」

「杏野雲とのやり取りを聞いていれば分かりますよ」

「私より先に彼の方が気づいていたみたいよ」

杏野の言葉を思い出す。

――よし、ヒントをあげよう。芥川龍之介は彼の小説のタイトルが手がかりになる。だけどベートーヴェンは、楽曲は関係ない。――杏野にはなんらかの気づきがあったのだろう。しかしあの時点でマヤはまだそこに至っていなかった。しかし彼のヒントからなにかを見出したと思われる。

「『私より先に』ということは現時点では黒井さんも気づいているということですよね」

「あら、代官様にしては鋭い」

マヤがわざとらしくおどける。

「ただ、このヒント、現時点ではどうにもならないのね。ゾディアックはヒントを小出しにしてくるわ。すべてのヒントが揃ってこそ、やっと事件の本質が見えてくる。そんな感じね。杏野雲の事件もそうだった」

「黒井さんはゾディアックの憑依なんてことを信じているんですか」

「それについては杏野先生の研究次第じゃないかしら。もっとも彼は遅かれ早かれ死刑にされちゃうから、解明されないと思うけど」

マヤは大げさに両肩をすぼめた。

「僕も杏野雲の論文を読んでみましたよ。オカルトとしか言いようがないけど、一応、科学的解釈がつけられてました」

それまで黙っていた浜田が口を挟んだ。

「浜田警部、説明してください」

白金が促した。

「杏野の説によるとＤＮＡに先祖の記憶や人格が残されているというわけです。前世の記憶なんてのもそれで説明がつくと」

浜田はホワイトボードを使って杏野の学説をプレゼンした。

それによると、先祖の記憶というのは代々、ＤＮＡに書き込まれているという。ゾディアックの起源は太古に遡《さかのぼ》る。太古にもシリアルキラーが存在して、その人物の記憶や性質が代々子孫へと受け継がれていった。親が子を産み、その子供がまた子を産む。時代を重ねるにつれてその数はねずみ算方式に増えていく。

その中である特定の体質を持った人間の脳内でゾディアックの記憶や人格が別人格、いわゆるイマジナリーフレンドとして発動するというわけだ。そのイマジナリーフレンドに誘導されて、宿主となる人間は犯行を実行する。ゾディアックは宿主の憎悪や怨嗟《えんさ》の念を著しく肥大させる。やがて宿主は自身の中で芽生えてきた悪意や殺意に抗《あらが》えなくなる。

「つまりゾディアックはあちらこちらに自由自在に憑依するのではなく、もともと、宿主の中に常在菌のように潜んでいたわけね」

白金が納得するように点頭した。

「それがなんらかの体質によって発動するわけです。杏野曰く、かなり低い確率のようですが」

「体質ってなんなの」

再び白金が問うた。

「杏野の論文ではある特殊な脳波がトリガーになると書かれていたけど、それも憶測の域を出ていないそうです」

杏野は大学時代に交通事故に巻き込まれており、その際、病院で脳波検査を受けた。そのとき異常な脳波が検出されたそうだ。しかしそれは症状として顕在することはなかったので様子見となった。

一九八八年に大阪で起きた殺人事件の現場に、ゾディアックのシンボルが残されていた。警察はそれを重要視しなかったため、ゾディアックとの関連性はまったく無視された。

犯人は現場近くで死体となって発見された。犯人は岩本達義《いわもとたつよし》。

検死の結果、犯行直後に心不全を起こしていたことが判明した。動機も怨恨であることは明らかだったので早々に事件解決となった。

杏野はなにかとヒントを残している現場の状況から、岩本がゾディアックの宿主だったのではないかと推測した。そして岩本のことを調査すると彼も杏野と同じ異常脳波を持っていたことが分かった。杏野はそれがトリガーなのではないかと考えた。

「つまりその特殊な脳波がゾディアックの発動条件ということなのね」

白金がそれでもまだ信じられないと言わんばかりに首を傾げながら言った。

「アメリカで起きたゾディアック事件の犯人も、その系譜に当たる人物ということになりますね。ＤＮＡを通じて受け継がれているとすれば、それこそ杏野雲の父親が犯人という可能性だってありますよ」

と代官山は人差し指を立てながら発言した。

アメリカのゾディアック事件は一九六八年から一九七四年にかけて起きている。杏野の父親の年齢を勘案すると可能性はある。

「でも太古から受け継がれているとすれば、該当者はかなりの人数にのぼりますよ。可能性の話をすれば岩本達義の親族だってあり得ます」

浜田の指摘はもっともだ。

「杏野は自分の父親がアメリカで起きたゾディアックの犯人だと確信している。本人がそう言ってたわ」

マヤの言葉に白金も浜田も目を丸くした。もちろん代官山もだ。

「ええ。彼の父親はゾディアック事件のころアメリカのそれもカリフォルニア州に住んでいたの。警察が公表した似顔絵にも酷似ではないにしろ、そこそこ似ていたそうよ」

似顔絵なら多少の違いが出てくるのは珍しいことではない。他にも目撃証言による犯人の身長や体型もほぼ合致しているらしい。

「そうなの？」

白金は目を見開いたままだ。

「さらに言えば、父親にも息子と同じ異常脳波が出ていたんですって。居住地、体型、顔立ち、そしてなにより症例の稀な特殊な脳波。これだけの条件が揃う確率ってどのくらいだと思います？　白金管理官」

「たしかにゼロに近いわね。つまり父親の凶行の記憶が別人格となって息子に発現したということですか」

「あくまでも杏野雲の学説ですよ」

もっとも脳波のケースは杏野を含めて三人しか確認されていないので、それが発現のトリガーとなるかどうかは憶測の域を出ていない。マヤも杏野の主張には懐疑的な口ぶりだ。

「父親の記憶が遺伝子を通じて息子に共有されたというわけですね。にわかには信じられないわ」

白金も疑わしげな様子だ。代官山も同じ思いである。たしかに科学的解釈がつけられているが、こじつけにも思える。

「記憶がＤＮＡを通じて共有されたり継承されていくという論文はいくつかあります。分かりやすい例でいえば双子ですね。二人が体験したことがない記憶を共有していたという実例が多数あるそうです。だけど学会では相手にされてないようですね」

「それはそうでしょう。いくらなんでも荒唐無稽すぎる」

白金は両腕を組みながら何度も頷いた。浜田もオカルトとしか言いようがないと言っていた。代官山もやはり同意する。

「ＤＮＡで記憶の共有や継承、私は面白いと思うんだけどなあ」

マヤが唇を尖らせながら言った。

「問題は杏野雲の学説が正しいかどうかではありません。正直言って、杏野の父親がゾディアックだったのかどうかなんて、どうでもいい。我々の仕事は目先の犯行を食い止めることです。ゾディアックがどうのこうのという話は、犯人を確保してからです」

白金がきっぱりと言った。

「そうですよ、黒井さん。まずは杏野が黒井さんより先に気づいたことを教えてください。犯人が残したヒントです」

代官山の問いかけに白金と浜田がマヤに注目した。

ベートーヴェンのＣＤ、複数タイトルの点字本、芥川龍之介の写真、メデューサの解説本、そしてフランス映画のタイトル。

「分かりやすい共通点があるでしょ」

マヤがニヤリとした。代官山と浜田と白金はそれぞれ顔を見合わせた。三人とも首を傾げた。

「共通点なんて……ありますかね」

代官山は頭を掻いた。

「本当に鈍いのね。これだからＦラン大卒は使えないわ」

「し、失礼な！　Ｆランじゃないですよ」

とはいえすごく優秀というわけでもない。

「ベートーヴェンの特徴ってなによ」

「ベートーヴェン……天才的な作曲家。ジャジャジャジャーンとか」

「杏野くんも言ってたでしょ。楽曲は関係ないって」

たしかにそう言っていたことを思い出す。

「難聴？」

白金が口を挟んだ。

「さすがは名門黒百合女子学園。Fランとは違いますね」

「だからFランじゃないですって」

浜田が優越感満載の表情で「まあまあ」と代官山を宥める。

クソ東大卒め！

「難聴が共通点なの？　芥川龍之介が耳が悪いなんて聞いたことがないけど」

「僕も聞いたことがないです」

浜田も同意した。代官山も同じだ。

「難聴そのものじゃないわ」

「あ、分かったかも！」

マヤのヒントを聞いて白金がパチンと指を鳴らした。

「さすがは黒百合女子学園。Ｆラン……以下略ね」

今度は挑発に乗らない。それ以上に白金の気づいたことが気になった。

「浜田警部、代官山巡査、まだ分からないの」

白金は意地悪な笑みを向けてくる。その表情が妙に可愛らしい。

「ええっと、ええっと……」

浜田は思考をフル回転しているようだ。東大卒のプライドにかけて負けていられないのだろう。

「ベートーヴェンは難聴、つまり『耳』の病気よ」

白金は「耳」をやけに強調した。

「管理官、そのヒント、答えを言っているようなもんですよ」

マヤが呆れたように言った。

そういえば芥川龍之介の小説に……。

「芥川の作品に『鼻』がありましたよね」

「あら、代官様。Ｆランのくせにやるじゃない」

「そうか、そういうことか！」

ゾディアックの謎かけの答えが見えた。

「ええ？　代官山さん、分かったんですか!?」

「おや？　東大卒の浜田さんはもしかしてまだ分からないんですか」

「い、いや、とっくに看破してますよ。分かってますって」

絶対分かってない。

「とにかく被害者の顔写真でチェックしてみましょう」

白金が言うと、浜田は逃げるようにしてその場を離れて被害者たちの顔写真五枚を集めてきた。

「では、手分けして作業しましょう」

白金の呼びかけで代官山とマヤはハサミを手に取った。浜田も慌ててハサミを手にする。

「浜田さんは神野美琴をお願いします」

代官山は浜田に第一の被害者である神野美琴の写真を手渡した。

「ええっと……なにをするんでしたっけ」

「彼女の耳を切り抜いてください」

「あ、ああ……耳ですよね。ベートーヴェンですもんね」

まだ浜田は気づいていないようだ。

「俺は坂口優樹菜をやります」

代官山は第二の被害者である坂口の写真を取り上げると作業に入った。

「目ですか」

浜田が代官山の切り抜いた部位を見て言った。すでに彼は神野の両耳部分を切り抜いていた。

「ええ、点字本ですからね」

「そっか……そういうことか」

浜田もやっと分かったようだ。

マヤは第三の被害者である秋山恵の鼻を切り抜いている。そして白金は第四の被害者、戸山由香梨だ。彼女の髪全体を切り抜いた。

「五人目は僕がやります」

浜田は小宮山希美の写真から彼女の「艶ほくろ」を切り抜いた。そしてそれらをテーブルの上に並べてみた。

「福笑いなんて悪趣味だわ」

白金が並べた切り抜きを眺めながらつぶやいた。

ゾディアックの遺留品のヒント。それは顔のパーツを示すものだった。ベートーヴェンは耳、点字本は目、芥川龍之介の写真は鼻、メデューサの解説本は髪型、そしてフランス映画のタイトルはそのままに艶ほくろ。おそらくマヤは艶ほくろで確信に至ったのだろう。それ以前にそれとなく気づいていたようだが。もちろん杏野雲も。

「うーん、これだけだとはっきりしませんね」

浜田が目と鼻の位置を調整しながら言った。

「口がないですからね」

さらに顔の輪郭も分からない。情報が足りない。これだけで顔を特定するのは困難だ。

「ゾディアックは全部で七人と言ってました。あと二人分のヒントが揃えば顔が完成するというわけですね」

おそらく次あたりに口がくるのだろう。どちらにしても被害者が出ないことにははっきりしない。

「ゾディアックは誰かと顔の各パーツが似ている女性をターゲットにしたのね」

マヤが顔立ちを眺めながら言った。

「一体、誰の顔になるのかしら」

「ゾディアック自身ですかね」

白金の疑問に浜田が呼応した。

「だったらゾディアックは女性ということになるわね」

「あり得ない話ではないですよ。犯人の性別は確定していませんから」

「たしかにそうね」

白金が爪を噛みながら言った。

「とにかくこの目鼻立ちの女性を捜してみましょう」

「見つかるかしら」

「唇と顔の輪郭はいくつかのパターンを用意すれば、それらしいものができるかもしれません」

「さっそくスタッフを集めて顔写真を作らせるわ」

白金はスマートフォンを耳に当てると相手に指示を出しながら部屋を出ていった。

17

女を見つけたのは偶然だった。

チャンネル登録者数百万を誇る人気ネオチューバー、ラファエロくんの動画だ。

露店に売っていそうなひょっとこのお面を被ったラファエロくんが、渋谷を歩く女性たちに「今までの経験人数は何人ですか」という街頭インタビューをくり広げるという企画の動画だった。

ラファエロくんはセンター街を歩く女性の一人をつかまえて不躾《ぶしつけ》な質問を投げかけた。

その女性は、顔に明らかな嫌悪を浮かべていた。

「ああっ！」

その女性を見てソウタは思わず大声を上げてしまった。

明らかにあの女だ。彼女の顔は忘れない。忘れようがない。なぜなら七草華子を殺した女だからだ。

「ちょっと止めてください」

女はしつこくまとわりついてくるラファエロくんを避けて足早に立ち去ろうとしている。それでもラファエロくんは諦めない。ずっと彼女の後ろをついていく。

ラファエロくんの街頭インタビューはなにかと非難の的となる。迷惑行為だとコメント欄が炎上することもしばしばだ。しかし民放テレビ番組では決して見られない不謹慎な企画がウケているのも事実である。ソウタもモラルを逸脱した過激な演出が面白くてたまに視聴していた。

「その制服、ゼビウスカフェでしょ。君、そこの店員さんだよね」

女性は緑色の制服姿だった。これはソウタも見たことがある。おそらく仕事の休憩中に外出したのだろう。

「うるさい！」

彼女はラファエロくんを突き飛ばすと、そのまま駆け出した。

「おいおい、凶暴だな」

ラファエロくんはひょっとこのお面から引き笑いを漏らしながら、女が立ち去るのを見届けた。

ソウタはこの動画の公開日を確認した。日付は半年前だ。それも七草華子が殺害される二日前ではないか。まだこの時点では、彼女は生きていたのだ。

歯がギリギリと音を立てていた。気がつけば歯を食いしばり、拳を強く握っていた。

華子を失ってからのソウタは惰性《だせい》で生きていた。なにをするにもやる気が起きない。生活費を稼ぐためにバイトを始めても長続きしない。読書をしても映画を観ても頭の中に入ってこない。世界がまるで色褪《いろあ》せて見えた。いかに華子の存在がソウタにとって心の拠り所であったかを思い知った。

そう、彼女はソウタにとってミューズだったのだ。彼女のいない世界なんてソウタにとってなんの価値もなかった。ただただ彼女の存在を感じられれば幸せだった。

死のうかとも思った。しかしただでは死ねない。華子の命を奪ったあの女だけは許せない。どうせ死ぬなら道連れにしてやりたい。

警察も七草華子の死亡について殺人事件として捜査を始めた。ソウタのところにも刑事が聞き込みにやってきた。目撃したことは一切証言しなかった。ゾディアックの言うとおり、逮捕されてしまったら復讐する機会を奪われてしまう。犯人の顔を知っているのはソウタだけだ。華子の仇は自らの手で討ちたかった。

自分の中にゾディアックが出現してからというもの、仇討ちのことばかりを考えている。女に対する憎悪や殺意を抑えることができなかった。ここまで他人を憎んだ記憶はない。

しかし肝心の女の行方がつかめなかった。名前さえ分からない。それは警察も同じようだった。毎日のように新聞記事やネットニュースをチェックしたが、捜査が進捗したという話は聞こえてこない。

華子のマンションは古いこともあって防犯カメラが設置されていなかったようだ。犯人はピッキングで部屋の扉を解錠して侵入したとある。女はソウタと同じく、犯行時に帽子と手袋をしていた。それによって指紋やＤＮＡも残らなかったかもしれない。さらに女にとって運のいいことに目撃情報も出てこなかったようだ。犯人の容姿を示す情報が記事になっていない。やはりソウタが唯一の目撃者のようだ。

あれから半年が経過した。事件は迷宮入りしかけているのかもしれない。それでも警察に目撃証言をするつもりはなかった。

「これは神の差配だぞ」

ゾディアックの声がした。ゾディアックは出現するたびにソウタの背中を押す。なんとしてでも華子の仇を討てと言うのだ。言われるまでもなくそのつもりだ。

ソウタはゾディアックについて本やネットで調べた。アメリカ犯罪史に残る未解決事件の犯人だ。五人もの男女を殺害したうえに、マスコミや警察に暗号の手紙を送って挑発している。

容疑者は何人かいるようだが、ゾディアック曰く、それらはいずれも見当違いだそうだ。ソウタも大いに関心を引かれてそれが誰なのか尋ねてみたが、決して明かそうとしない。ただ、犯人はソウタと同じようにゾディアックと頭の中で同居していたという。

きっと俺は病気なんだ……。今でもソウタはそう考えている。でも症状を医師に相談するつもりも治療するつもりもなかった。

取り立てて日常生活に支障が出ているわけではないし、なによりまともにコミュニケーションを取ることのできる友人知人が一人もいないソウタにとってゾディアックは唯一の話し相手だ。リアルな人間との交流はなにかと気を遣わないといけないので望まないが、ヴァーチャルともいえる存在とのコミュニケーションはむしろ好ましい。ソウタはゾディアックの存在を愉快だとさえ感じていた。イマジナリーフレンドも悪くない。

「ああ、絶対に逃さないさ」

ソウタは力強く答えた。

「ゼビウスカフェの店員と言っていたな。知ってるか」

ゾディアックの問いかけにソウタは頷いた。

「渋谷スペイン坂にあるカフェだよ」

ソウタもかなり前のことだが、一度だけ立ち寄ったことがあるので知っている。

「さっそく調べてみるべきだ」

「言うまでもないだろ」

ソウタはすぐに渋谷に向かった。スペイン坂の中ほどにゼビウスカフェがあった。以前と変わらない店構えだ。内装は白を基調としたシンプルなデザインである。店内は若者たちでほぼ満席だった。緑色の制服姿の女性店員が三人、客の注文を取ったりメニューを運んでいたりする。その中に件の女の姿はなかった。

ソウタはテーブルが空くのを待って着席した。店員を呼んでアイスコーヒーを注文する。

「いつからここにいるの」

ソウタは思い切って店員に声をかけた。二十歳前後といったところか。読者モデルにいそうな可愛らしい顔立ちをしている。

「そろそろ一年ですね」

ソウタの質問に店員はにこやかに答えた。一年なら女のことを知っているはずだ。

「妹の知り合いがここの店員をしていたんだ」

もちろん作り話だ。そもそもソウタには兄弟姉妹はいない。一人っ子である。

「そうなんですか。誰ですか」

「それが、名前を失念しちゃってね。まだここにいるのか分からないんだけど……」

ソウタは女の顔の特徴を説明した。

「ああ、それ月奈さんですよ。もうここを辞めちゃいましたけど」

「ツキナ……ああ、そんな名前だった」

ヒットした。ソウタは心の中でガッツポーズを取った。

「名前が素敵ですよね。私なんてユウコですよ。両親にはもっと、かっこいい名前にしてもらいたかったですよ」

「ユウコちゃんだって可愛いよ。それで月奈さんの名字ってなんだったっけ」

「月奈さんのことを調べているんですか？」

ユウコは顔を近づけ、声を潜めながら言った。

「あ、うん、妹が久しぶりに会いたいと言っててね」

「本当は違うでしょ。マスコミの方じゃないんですか」

「な、なんで分かるの」

ソウタは咄嗟に聞き返した。どうして嘘だとばれたのだろう。

「やっぱり。月奈さんのことを知りたいんですよね。いくら出せますか」

そういうことか。彼女は月奈に関する情報を売りたいのだ。

「これでどうかな」

ソウタは三本指を出した。しかし彼女は五本指を返してくる。

「分かった。それでいいよ」

五万円ならなんとか都合ができるだろう。

「五時半に会いましょう」

彼女は円山町《まるやまちょう》にある喫茶店を指定した。五時に仕事が終わるという。

ソウタは銀行に立ち寄ってから、時間まで書店で暇つぶしをして五時半に指定された喫茶店に入った。昭和の雰囲気を残す古い店構えだった。

席に座っているとユウコが入ってきた。彼女はソウタと向き合う形で席に着くと店員を呼んでアイスカフェオレを注文した。ソウタも同じものを頼んだ。

「それで月奈さんのなにを聞きたいんですか」

「まずは彼女のフルネーム」

「峰岸《みねぎし》月奈ですよ」

ユウコはそんなことも知らないのか、と言わんばかりの口調で答えた。

「今、どこにいるのか知らないかな？」

「本当に何も知らないんですね。マスコミの方ではなかったんですか」

「う、うん……実はマスコミの人間じゃない。ただの一般人だよ。でもどうしても彼女の所在を知りたいんだ」

ソウタは素直に認めた。

「なぁんだ」

ユウコは拍子抜けしたように肩を落とした。

「もちろんお金は払う。だから話を聞かせてほしい」

ソウタは先ほど銀行に寄って下ろしてきた五万円を見せた。ユウコの瞳がキラリと光った。

「分かりました。事情は聞かないでおきましょう」

「そうしてもらえると助かる」

店員がアイスカフェオレを運んできた。

「事件の直後に警察が聞き込みにやってきました」

ユウコは飲み物に口をつけながら言った。

「事件？」

「それも知らないんだ。だったら最初から話しますね。ある日、五十代くらいの男性が彼女に会いに来たんですよ。閉店直後でしたね。月奈さん、店の外でその男性と揉めているみたいでした。声は聞こえなかったけど十五分くらいやり取りしていたかな。それで次の日、彼女はお店には来ませんでした。突然辞めると連絡を入れてきたみたいです」

「つまり、男性と揉めたのが最後に見た彼女の姿だったと」

ソウタはメモを取った。

「いいえ、それから二日後くらいかな。本当にたまたまなんだけど原宿で月奈さんを見かけました。ちょうど美容整形の病院から出てくるところだったんですよ」

「美容整形？」

「あそこは芸能人の顧客が多いって有名な医院ですよ。月奈さん、今までにもいろいろといじってますよ。ここだけの話、他の子たちも噂してましたもん。目鼻立ちが不自然というか、人工的でしたからね」

たしかにそれは、ソウタも彼女を目撃した当時から感じていた。

「彼女に声をかけたのか」

「いいえ。そんなに親しくなかったから」

ユウコは首を横に振って否定した。

「それで事件というのは？」

「月奈さんがお店を辞めてから二ヶ月くらいあとかな。月奈さんと揉めていた男性が殺されちゃったんですよ。ニュースを見てビックリしました。間違いなくあの男性でしたから。その男性も峰岸さんっていうんですよ。それからお店に警察が聞き込みにやってきて私もいろいろと聞かれました。原宿で見かけたことは言いませんでしたけどね」

「なんで証言しなかったの」

「恨まれるのも嫌だなって思ったんですよ。月奈さん、目が笑ってないというか、ちょっと怖いところがあったから」

「そうか」

それは正解だったかもしれない。彼女は紛れもなく殺人者だ。もちろんそのことは伏せておく。

「殺されたのは月奈さんのお父さんみたいです。店長も警察から彼女の履歴書の提出を求められたけど、なぜかなくなっていたそうです」

もしかしたら月奈が処分したのかもしれない。

「君は峰岸月奈が父親を殺したと思ってるんだね」

ユウコは首をフルフルと振った。

「それは分かりません。もちろん警察は彼女を容疑者の一人と考えているでしょうけど。でもあれ以来、ニュースにもなってないし、警察も来ませんからね。犯人が捕まればニュースになりますよね。そうなってないということは捕まってないんじゃないかな」

七草華子と同じく、父親殺害の事件も迷宮入りになりかけているのだろうか。

「峰岸月奈はどんな女性だったの？」

「普段はクールな感じでしたよ。ただなにを考えているのかよく分からない、近寄りがたいって感じでしたね。さっきも言ったけど、ちょっと怖いっていうか。でも一度だけ話をしたことあるんですよ。彼女、ヴァルキリーの大ファンだって言うんですよ」

「ヴァルキリー！」

「知ってるんですか？」

彼女は瞳を輝かせた。

「あ、ああ。女友達がファンだった」

「女友達って彼女さんですかぁ」

ユウコが意地悪そうに聞いた。

「そんなんじゃないよ」

ソウタは正直に否定する。その夢はもはや叶わない。

七草華子は、ヴァルキリーの熱心なファンだった。ヴァルキリーのネームが入ったTシャツも着用していたし、マグカップも愛用していた。

「めっちゃマイナーなバンドだから、友達にファンどころか知っている人もいないんですよ。だから月奈さんからヴァルキリーの話が出たときすごく嬉しかったんです。本当はもう少し話をしたかったけど、なんだか迷惑そうだったんで止めました」

それからも月奈についていろいろと質問をしたが、詳しくは知らないようだ。住所も連絡先も知らないという。ただ接客でトラブルやミスはなかったようだ。そつなくこなしていたという。

ソウタは礼を言ってユウコと別れた。帰宅するとさっそく殺人事件のことを調べてみた。「峰岸　殺人事件」で検索をかけたらすぐにニュース記事がヒットした。二ヶ月ほど前の記事だ。

「三日未明、峰岸敏之《としゆき》さん（55）が世田谷区××公園で血を流して倒れているところを通行人が見つけて一一九番したが、現場で死亡が確認された。背中に数カ所の刺し傷が認められ、警察は殺人事件として捜査している」

ソウタはさらにネットを検索していって詳細を調べてみた。しかしめぼしい情報を得ることはできなかった。

「落ち込むな。本名や父親が分かっただけでも収穫だ」

ゾディアックが慰めてくれた。

「きっとあの女が父親も殺したんだ」

「そんなことはどうでもいいだろう。お前の使命は七草華子の仇討ちだ」

「そんなことは分かってる」

ソウタはベッドに寝転んだ。どうして華子は殺されたのか……。

ヴァルキリー。

ユウコは月奈がヴァルキリーの大ファンだと言っていた。そして華子もそうだった。

もしかしたら二人の接点はそれかもしれない。

ソウタは起き上がるとヴァルキリーをネットで検索してみた。すぐに公式サイトがヒットした。一週間後に渋谷でライブが開催されるとある。

「もしかしたらなにかあるかもしれないぞ」

ゾディアックに言われるまでもなく、ソウタはチケットを購入した。

それから三日後。

ソウタを衝撃が襲った。なんと峰岸月奈の白骨死体が箱根の山中で発見されたというのだ。死体の状況から死後一年以上が経過しているという。歯科治療の記録やDNAから本人であることが確定されたとネットのニュース記事になっていた。

「どういうことだよ」

華子が月奈に殺害されたのは半年前である。月奈の姿をソウタも目撃しているし、彼女はラファエロくんの動画にも映っていた。

ソウタはさらに他の記事も調べた。大手新聞社の記事には被害者の顔写真が掲載されていた。それを見てソウタは目を見開いた。

「違う……」

被害者である峰岸月奈の顔は、ソウタが目撃した人物ではなかった。顔の輪郭や目鼻立ちが似通っているとはいえ、明らかに別人だ。

二ヶ月ほど前に殺害された峰岸敏之の実の娘ということもあって多くのメディアが取り上げることとなった。それから四日間でソウタは多くの情報を得ることができた。

峰岸月奈を殺害した犯人は、彼女になりすまして何食わぬ顔で生活を送っていた。生活費はバイトを転々とすることで賄っていた。そんなある日、娘とは絶縁状態だったはずの父親である峰岸敏之がゼビウスカフェでバイト中の彼女を訪ねてくる。

明らかに娘でない女に不審を抱いた敏之は、すぐには警察沙汰にしなかった。もしかしたらそのことで偽の月奈を強請《ゆす》ったのかもしれない。彼女はゼビウスカフェを辞めて敏之を殺害し姿を消した。

そしてソウタにとってさらに衝撃的な事実が分かった。

敏之殺害の現場に残された犯人のものと思われるＤＮＡが、過去に未解決となった連続殺人事件の捜査で採取されたものと一致したというのだ。それは福岡、広島、大阪、静岡で発生した、数年にまたがった事件である。目撃情報から犯人は二十代から四十代の女性とされている。被害者は六人も出ているという。その中には七草華子は含まれていない。華子のときに限り、現場にＤＮＡや指紋を残さなかったのだろう。そう考えると他の未解決事件にも関与しているかもしれない。

「整形で顔を変えたんだ」

「だろうな。面白くなってきたぞ。相手は俺に匹敵するシリアルキラーだ」

ゾディアックが呼応した。ソウタは噴き出しそうになった。自身がシリアルキラーであることを自覚しているらしい。問題は女のその後の足取りがつかめていないことだ。

ソウタはカレンダーを見た。今日の日付欄には「ヴァルキリーライブ」と書かれている。月奈と華子の唯一の接点であるヴァルキリー。彼らのライブに行けばなにかが分かるかもしれない。

ソウタは偽の月奈の顔を思い浮かべた。殺してやる。華子の命を奪ったヤツを殺してやる。

彼女に対する憎悪と殺意。熱い黒い煙が胃の中に広がっていくのを感じていた。

18

代官山は忸怩たる思いに打ちのめされた。

目の前に置かれたベッドの上には女性の死体が横たわっていた。

奥多摩の山中にある廃墟となったラブホテル。夏は心霊スポットとして若者たちが肝試しに訪れることも稀にあるそうだが、今は二月である。まず人が近づくことはないだろう。

窓がない部屋のど真ん中にベッドが設置されていた。天井や壁には鏡がはめ込まれていて、あらゆる角度から自身の姿を眺めることができるようになっている。廃墟同然で電気が通っておらず内部が真っ暗だったので、バルーン投光器を持ち込んだ。チェストには今ではなかなかお目にかかれなくなったブラウン管のテレビとＶＨＳビデオデッキが設置されていた。

第五の殺人の動画が配信されてから四日後に第六の殺人動画が流された。

しかし今回は部屋に窓がついておらず外の景色が映らなかったこともあり、すぐに現場を特定することができなかった。

以前、このホテルに勤務していたという元従業員からの情報提供が入ったのが今朝方。動画が配信されてから警察官が現場に駆けつけるまで丸一日が経ってしまった。

「死後、四十時間は経っているね」

死体を検分していた鑑識員の駒田が報告した。女性はスプリングが飛び出している黄ばんだマットレスの上で息絶えていた。頸部にロープのようなもので絞められた痕がくっきりと残っている。明らかに絞頸《こうけい》による窒息死だ。

「今回はやっつけ仕事だわ。赤点ね」

マヤは臨場するやいなや失望のため息をついていた。こんな状況でも採点を欠かそうとしない彼女のこだわりを別の方角に向けてほしいと心底思う。部屋に詰めている他の刑事や鑑識員たちの表情も曇っている。その中でマヤだけがいつもと変わらず涼しげな顔をしていた。

「まずいことになりましたよ。警視庁前も大騒動になっています」

昨日の夜、殺害動画が配信されたことをきっかけに、警察に失望した市民が警視庁の前に早朝から集まってデモを行っている。すでに数名の逮捕者も出ているという。その様子もネオチューバーたちが生配信していた。

「愚民どもはいつまで経っても愚民ね。ゾディアックの思うツボだってことに気づかない」

マヤは鼻で笑った。非難の多くは彼女に向けられているが、まるで意に介していないようだ。

「マスコミや野次馬の連中が早くも集まってきてます」

浜田が室内に入ってきて言った。

今回は現場の情報を流さなかったのにどこから嗅ぎつけたのだろう。ここを去るときもマヤを彼らから遠ざけなければならない。

「ガイシャと思われる人物の身元です」

制服姿の警察官がビニール袋に入った運転免許証を差し出した。本人の胸のポケットに入っていたという。代官山はそれを受け取って確認した。

鯖尻《さばしり》美登利《みどり》。十九歳。

「鯖か！　ひねってきやがったな」

鯖には「青」が含まれている。名前はストレートに「みどり」だった。思ったとおり、氏名に青とみどりが含まれていた。

免許証の写真は死体の顔貌と完全に一致しているから本人と見て間違いないだろう。浜田はさっそく被害者の身元を捜査本部に報告している。

「代官山さん」

駒田はなにやらビデオデッキの取り出し口に懐中電灯の光を当てながら覗き込んでいる。代官山は彼に近寄った。

「どうした？」

「デッキの中にビデオカセットが入ってる。電源を入れないと取り出せない」

「もしかしたらゾディアックのヒントかもしれない！」

「ええっと……血の唇って書いてある」

「血の唇？」

「昔のホラー映画だよ。ジョニー・デップ主演の『ダーク・シャドウ』っていう映画を知ってる？」

「あ、ああ」

先日、マヤと一緒に観た、というか観せられた。彼女はジョニー・デップの大ファンなのだ。

「『ダーク・シャドウ』はこの『血の唇』をリメイクしたものだよ。ダン・カーティス監督で一九七〇年の作品だね。もともとはアメリカで放送されたソープオペラ、いわゆる昼ドラだったんだよ」

「昼間からホラーかよ」

「いや、最初は恋愛ドラマでスタートしたんだ。でも視聴率が振るわなかったから、番組のテコ入れで途中から吸血鬼を登場させたんだけど、これが大好評でね。なんと千二百回を超えるロングランになったのさ」

「なんじゃそりゃ」

さすがは警視庁随一のホラー映画マニアだけのことはある。

「きっとそれはゾディアックが残したヒントよ」

近づいてきたマヤが言った。

「おそらくそうでしょうね。タイトルに顔の一部が入っていますから」

今度は「唇」だ。つまり今回の顔のパーツは被害者の唇なのだろう。

代官山は被害者、鯖尻美登利の唇を確認した。ぼってりとした少し厚めの唇はどことなくセクシーな印象を与えている。

「ヒントの難易度もかなり下がってきたわね。そろそろこちらが気づいていると思ってんのね」

ゾディアックにとってこれらの殺人はヒントを揃えるための消化試合になっているのか。

「どうやら家出少女のようです。家族から捜索願が出てました」

通話を切った浜田が報告した。

「くそぉ……」

代官山は唇を嚙んだ。彼女がどこでどうしていたのかは窺い知れないが、今回の事件の情報を得られず警戒していなかったかもしれない。ゾディアックもそのことを分かっていたからこそ被害者を予告するようなヒントを出したのだ。

「犯人に結びつくヒントがまたひとつ増えたわね」

マヤのあっけらかんとした口調にカチンときた。

「黒井さん、よくそんなこと言えますね。この若い女性には家族がいるんですよ」

「人聞きの悪いこと言わないでよ。別に喜んでいるわけじゃない。そりゃあ私だって犯行を食い止めたかったわ」

マヤはうんざりといった様子で首を振った。

「だったらゾディアックが誰なのか教えてくださいよ。今すぐにでも俺が逮捕してやりますから」

「それは無理な話だわ。杏野くんが言うにはゾディアックは多くの猟奇的連続殺人を迷宮入りさせてきた。あの有名なブラック・ダリア事件だって、奴の犯行だって話よ」

ブラック・ダリア事件は先日観た、「世界の未解決事件博覧会」でも詳細が展示されていた。一九四七年、アメリカのロサンゼルスでエリザベス・ショートという女優志望の若い女性が殺された。胴体が二つに切断されて血液と内臓が抜かれたうえに女性器まで切除されていた。マヤが高得点をつけそうな、アートじみた死体損壊ぶりが話題となった事件だ。

また生前のエリザベスが黒い衣装を好んで着用したことからブラック・ダリア事件と呼ばれた。こちらも多くの容疑者が浮上したが迷宮入りしてしまい、現在も真犯人が不明のままである。

「杏野雲の説なんて信じられませんよ。あんなのオカルト以外のなにものでもない」

「とにかく今回はそんな簡単な相手じゃないってこと」

マヤの表情に切迫感は窺えないが茶化しているわけでもないようだ。

「とりあえず今一度、動画を確認してみましょう」

代官山たちはそれぞれがスマートフォンを手にしてネオチューブのアプリを起動させた。

覆面姿のゾディアックが引き笑いを浮かべながらこちらを向いている。照明を焚いているようで周囲の風景がぼんやりと浮かび上がっている。間違いなくこの部屋だ。このラブホテルの元従業員の通報がなかったら現場の所在を割り出すのは相当に困難だったと思われる。ゾディアックは発見を少し遅らせようとしたのかもしれない。

「無能な警察の諸君と黒井マヤさん。今回も楽しませてもらっているよ。これだけヒントを残しているのにいまだに私を捕まえるどころか、近づけてもいないなんて給料泥棒もいいところだ。さて私の仕事もいよいよ大詰めだ。次が最後の儀式となる。トリを飾るには実に相応《ふさわ》しい女性だよ。君たちにとってもサプライズになるに違いない。この動画が配信されているころには儀式は完了している。君たち警察にとっては無念なことだと思うが、もはや手遅れということだ。しかしこれで終わったわけではない。君たちが無能でなければ、私の目的が分かるはずだ。そうであることを心から祈る」

今回も前回までと同様、幼女の棒読みを思わせる、電子音声だ。そして今まで以上に挑発的である。

「ふざけやがって！」

代官山は思わず吐き捨てた。

「最後の犠牲者って誰なんだろう？　サプライズって言ってますよ」

浜田の疑問にその場にいる者たちは重苦しい表情で首を振った。ノーヒントでは分かるはずがない。

「十九秒か……」

近くで視聴していたマヤがそっとつぶやいた。今回も動画が早回しされている。これまでと同様、声の音程が明らかに高くなっているから分かる。科捜研によると動画によってばらつきはあるが１・５〜１・７倍の範囲で早回しされているという。

「それで分かったんですか」

「分かったところでもう遅いわ。だってゾディアックはすでに七人目を殺しているんでしょ。我々は儀式を食い止めることができなかった。それどころか犯人も割り出せてない。これはもう完全敗北ってことじゃない？」

「だからって見過ごすわけにはいきません。犯人を見つけ出して被害者たちの無念を晴らしてやるんです」

「まっ、一課長と管理官のクビは飛ぶでしょうね」

マヤの手刀は首筋をサッと横切った。

夜の捜査会議が終了した。

本庁の広々とした会場は絶望感を濃縮したような重苦しい空気で満たされていた。被害者が増えるたびに動員される捜査員の数が増えていったこともあって広い室内はいっぱいになっていた。別室ではマスコミの連中が警察発表を待っている。

雛壇の幹部たちは険しくも蒼白となった顔を向けていた。警察の威信も地に墜ちたのだから無理もない。ゾディアックにヒントを与えられながらも、被害者を守ることができなかった。犯人に翻弄されただけだった。さらには動画で最後の被害者にも触れている。トリを飾るに相応しい女性、そしてそれはサプライズになると言っていた。それが誰であるのかも特定できていない。

スクリーンには被害者たちの顔のパーツを組み合わせた画像が映し出されていた。

「この画像はマスコミには伏せるつもりです。パニックを起こした市民が似ている容貌をした人間を攻撃する危険性があるからです。くれぐれもこの顔は外部に漏らさないよう細心の注意を払うように！」

白金は捜査員たちに呼びかけた。本来なら広く情報を募りたいところだが、一連の事件に世間はヒステリックになっている。疑心暗鬼に陥った彼らの思い込みが暴走すれば新たな悲劇を生み出してしまうかもしれない。それだけは回避しなければならない。

会場では失望のため息が漏れた。この女性を特定したいところだが顔の輪郭が不明だ。そこで丸型、卵型、ベース型、逆三角形型、菱形などあらゆるパターンの輪郭を当てはめた画像が用意された。さっそく、捜査本部ではこの女性を特定する専従チームが組まれた。

「いったいこの女性は誰なんですかね」

オフィスに戻った代官山はマヤに問うてみた。彼女はネットで調べ物をしている。

「さすがにゾディアックじゃないと思うわ」

彼女はモニターを眺めながら答えた。

「ですよねぇ」

アメリカのゾディアック事件やブラック・ダリア事件も多くのヒントを現場に残しているが、犯人像を示すここまでストレートな手がかりはない。

そしてまだ最後の儀式が残っているこの段階で自分の顔を曝《さら》すとは考えにくい。捜査会議では最後の被害者ではないかという意見もあった。しかしこの女性が被害者だとしてどのようなサプライズになるというのか。謎は深まるばかりだ。

「ところでなにを調べているんですか」

代官山は彼女のモニターを覗き込んだ。犯罪記録のデータベースだ。堅牢なセキュリティに保護されていて一般人は閲覧することができないが、現場に残された指紋やDNAなど多岐にわたった情報が登録されている。

「世田谷区野沢美人ＯＬ殺人事件？」

発生日欄によれば、今から一年ほど前の事件である。住宅街にあるマンションで若い女性が部屋の中で何者かによって殺害された。

「迷宮《おみや》入りのようね」

マヤは現場の写真を表示させた。女性が窓際にうつ伏せの状態で倒れている。背中は血で真っ赤に染まっていた。

「まあ、六十五点といったところね」

「ここでも採点ですか」

マヤにとっては可もなく不可もなしといったところだろう。彼女は部屋の様子を写した写真をチェックした。

「彼女、ヴァルキリーのファンのようね」

「ヴァルキリー？」

「ヘビメタよ。超マイナーの知る人ぞ知るバンドね」

彼女も言うとおり、部屋の中にはポスターやマグカップなどＶＡＬＫＹＲＩＥのロゴがあちらこちらで認められる。

「黒井さん、知ってるんですか？」

「私、好きよ。スマホにダウンロードしてる。ほら」

彼女はスマートフォンを取り出すと音楽を再生した。

「ああ、もう結構です」

代官山は胸の前で両手を左右に振った。

ボーカルが訳の分からない言語を喚《わめ》き散らしている。音楽もほとんどメロディになっておらず、もはや騒音だ。こういう常人には理解しがたい楽曲に惹かれるのはいかにもマヤらしい。

「で、この事件がゾディアックに関係あるんですか」

「おそらくそうだと思う」

「どういうことですか？」

代官山は詰め寄った。

「もぉうるさいわねぇ。少しは自分で考えたらどうなの」

マヤは呆れ顔を向けた。

「知恵熱が出るくらい考えていますよ」

代官山は額に手を当てた。いつもより少し熱い気がする。

「動画の再生時間よ」

「やっぱりそれもヒントだったんですね」

マヤはメモ用紙になにやら数字を書き始めた。

十九、十九、二十一、十五、二十、十九。

「この数字、分かるよね」

「動画の再生時間ですよね」

第一の殺人動画からの再生秒数が順番に並んでいる。

「動画を早回ししたのはこの秒数に合わせるためよ」

「それも分かります」

問題はその数字がなにを意味するかだ。

「これを十二時間表記に変換してみたの」

「つまり十九は七？」

「そういうことね」

十九時を十二時間表記に変換すれば七時だ。マヤは数字を書き換えた。
七、七、九、三、八、七。
「さっぱり分からない」

代官山は数字を食い入るように見つめたが三分後には降参した。

「これ見て」

マヤはモニターの「被害者氏名」の欄を指した。そこには「七草華子」と表示されていた。さらに読み仮名欄には「ナナクサハナコ」とある。

「そうか、数字は名前の読み仮名だったんですね！」

「最後の動画の再生時間が十七秒だったら確定ね。まったくなにがなんでもヒントを残したいのね。どんだけ承認欲求が強いんだか」

「でも、顔が全然違いますね」

被害者たちの顔のパーツをコラージュして作成されたモンタージュ画像と、七草華子は似ても似つかなかった。美人ＯＬと戒名についているだけあって彼女は魅力的なルックスである。多くの男性が惹かれたことだろう。

「七草華子を殺害した犯人かもしれないわ」

「犯人は女ってことですか」

「それはなんとも言えない。そもそもあくまで現時点では憶測の域を出ていないし」

「でもこのまま黙ってなんていられませんよ」

今はどんな些細《ささい》な手がかりも見過ごせない。

「そうね……明日調べてみましょう」

マヤは大きく伸びをしながら欠伸をした。

19

翌日、代官山とマヤ、そして浜田は世田谷区野沢二丁目にある古いマンションに入った。二階に上がり一番西側にある部屋の扉の前に立つ。

「あの事件以来、借り手がつかないんです。こんなこと言うのは不謹慎だと分かってるけど、迷惑な話ですよ」

大家である町山俊三《まちやましゅんぞう》は息を吐きながら鍵を回した。年金暮らしの彼はこのマンションの家賃収入を当てにしているようだ。

七草華子が殺されて、彼女の部屋はもちろん、隣室の住人も気味が悪いという理由で出ていった。家賃を大幅に下げたが入居の希望がないという。殺人現場となった物件は得てしてこういうトラブルに見舞われる。

「自宅に戻っているので終わったら連絡してください」

町山はそう告げると立ち去っていった。彼の自宅はすぐ近くにある。

代官山たちは部屋の中に足を踏み入れた。リビングは八畳ほどだが、家具類が置かれていないので広く感じる。殺人現場だと思うと空気が室温よりも冷たい。

窓は安っぽいベージュのカーテンで覆われていた。

「ここで殺されたのね」

マヤは窓に近づくとカーテンを開いた。死体の倒れた状況から、おそらく彼女は窓の外を眺めていて、背後に忍び寄ってきた犯人に気づかなかったと推測される。

玄関の鍵穴にはピッキングの痕跡が残されていた。おそらく犯人の手によるものだろうという見解が捜査資料に記載されていた。今はエントランスと外通路に防犯カメラが設置されたが、事件当時は設置されていなかった。犯人はそのことも把握していたのだろう。

「なにか見えますか」

代官山は窓の外を見つめるマヤの背中に声をかけた。

「華子は犯人の気配に気づかなかったのかしら」

「どうですかね。犯人が顔見知りであれば警戒なんてしないでしょう」

捜査資料によれば、争った形跡はなかったとある。

「でも犯人はピッキングで侵入しているんですよ。顔見知りであったとしても警戒しないなんてあり得ない」

浜田の指摘に、代官山は頭を掻いた。

「そういえばそうですね」

我ながら間抜けなことを言っている。

「華子は外のなにかに気を取られていた。だから犯人の侵入や接近に気づかなかった」

マヤは窓の外を見つめながら言った。

「なるほど」

被害者が犯人の侵入に気づかなかったのであれば、争った形跡がなかったことも頷ける。

「飯塚肇のヤマも気になりますね」

飯塚は華子の元恋人で近くの路地で殺害されている。代官山たちはこちらの事件の捜査資料にも目を通した。捜査本部は二つの事件になんらかの関連性があると見ていたようだが、飯塚のヤマも迷宮入り同然になっている。

「ヒッチコック監督の『裏窓』みたいに誰か殺されるところを見てないのかしら」

「それだったら警察に証言するでしょう」

「目撃者が犯人を強請ったのかもしれないわよ」

それもないとは言えない。代官山は外を覗いてみた。道路を挟んで向かいにいくつかのマンションやアパートが並んでいる。警察はもちろんそれらすべての住人に複数回にわたって聞き込みをくり返したはずだ。

「姫様！　最後の動画が配信されたようです！」

突然、スマートフォンをチェックしていた浜田が大声を上げた。代官山はスマートフォンを取り出すとネオチューブのアプリを起動した。オススメ動画のトップにゾディアックの動画がアップされていた。

サムネイルをタップして再生する。またも廃墟ビルの一室らしい。今回は窓から外の景色が見えた。これならすぐに場所が特定できるだろう。そして画面の中央には覆面姿のゾディアックが立っていた。その傍らに椅子に座った状態で女性が首をだらんと垂らしていた。

ゾディアックは黒革の手袋をはめた手で女性の髪を摑んで顔を上げた。顔面に血の気はなく、半開きの口からは血を垂らしている。見開いた瞳にはまるで生気が宿っていなかった。彼女は明らかに事切れていた。

「マジかよ……」

映像が始まって被害者の姿が映った。全身の力が抜け、思わず尻もちをついた。

「警察の諸君、驚いたかね。私が言ったとおりサプライズだろう」

いつもと同じ幼女の棒読みを思わせる電子音声。

「チクショー！」

突然、浜田が絶叫とともに床にスマートフォンを叩きつけた。

「浜田くん、落ち着いて」

マヤはスマートフォンを拾い上げると浜田に返した。スマートフォンの画面にはヒビが入っていた。

「だって、だって、姫様……こんなのヒドすぎるじゃないですか！」

浜田は涙と鼻水で顔をグシャグシャにしながら訴えた。そしてマヤの胸に顔を埋《うず》めると号泣を始めた。まるで母親に泣きつく子供だ。

マヤも普段ならボコボコにするはずが、今回ばかりは浜田の髪を撫でながら優しく受け入れた。

ゾディアックは最後の最後でとんでもない爆弾を落としてくれた。

「この子、新垣美優よね」

マヤの問いかけに代官山は投げやりに頷いた。

新垣美優は人気アイドルグループＫＧＢ48のメンバーで、先日の「世界の未解決事件博覧会」でイベントナビゲーターを務めていた。

代官山は健気に頑張る彼女のことを心から応援していた。さらにはファンクラブにも加入していた。

「これが最後のヒントだ。といってもさすがになぜ彼女が生け贄に選ばれたか理解しているだろう。そうだろう？　黒井マヤさん」

動画のゾディアックはマヤを挑発した。

「ええ、彼女のフェイスラインよ」

マヤは浜田を抱きながら動画の声に応じた。新垣の顔はくっきりとした卵型だ。顔のパーツがすべて揃ったことで謎の女性のモンタージュが完成した。

「これで私の儀式は終わりだ。言うまでもなく君たち警察の完全敗北だ。警視庁の黒井マヤ巡査部長はスゴ腕の刑事だと聞いていたが、思ったほどでもなかったな。失望も甚だしい。もう少し楽しいゲームになると思っていたよ。本来の目的を遂げた後、私はしばらく眠りに入るつもりだ。黒井マヤさん、次に目覚めたときまた会えるかもしれない。

そのときを楽しみにしているよ」

ゾディアックは画面から姿を消した。そこには椅子に座った状態の新垣美優が首を垂らしていた。

もう二度と、ステージに立つ彼女を見ることも声を聞くこともできない。

「姫様っ！」

突然、マヤの胸から顔を離した浜田が呼びかけた。彼は今まで見たこともないような険しい目つきを彼女に向けている。

「な、なによ……」

そんな浜田の勢いに気圧《けお》されたようにマヤは半歩後ずさった。

「まさかここで終わりにしませんよね」

浜田は人差し指をマヤに鋭く突きつけた。

「完敗よ。今さらなにができるって言うの」

「なに言ってるんですか！　そんな簡単に諦めないでくださいよ！」

浜田は激しくマヤに詰め寄った。

「黒井さん、俺からもお願いします。犯人を逃さないでください。ヤツには償いをさせないとならないです」

代官山も浜田と同じ気持ちだ。相手が本物のゾディアックだったとしても、アメリカの事件のように迷宮入りさせるわけにはいかない。

「これは弔い合戦です。僕一人の力でも必ず犯人を挙げてやる」

浜田は強い決意を瞳に宿している。その表情は今までにないほどに引き締まっていた。こんな凜々《りり》しい彼を見たことがない。

「俺も同じです」

代官山は立ち上がって尻の埃《ほこり》を払った。先ほどの絶望とはうって変わって、強い闘争心が湧き上がってきた。なにがあっても、新垣美優の命を奪った犯人は許せない。

「分かったわよ、二人とも。私も協力してあげる」

マヤが近づいてきて、代官山と浜田の肩をポンと叩いた。

「黒井さん」「姫様」

二人の声が重なる。

「今回は私もメンツを潰されたからね。パパの立場も悪くなったわ。完全敗北とはいえ一矢報いてやる。売られた喧嘩は百倍で返すべし。代々伝わる黒井家の家訓なの」

マヤが拳を握りしめた。

その家訓はどうかと思ったが、どうやら彼女もやっと本気モードに入ったようだ。

代官山たちは七草華子のマンションを出ると、東京拘置所に向かった。もちろん杏野雲に面会するためだ。

彼と向き合うとマヤは今までのいきさつを報告した。

「再生時間が七草華子を指すのは間違いないと思う」

話を聞き終わった杏野はそう言って頷いた。最後の動画はマヤの推理どおり、十七秒だった。十二時間表記ならば五である。ナナクサハナコの「コ」を示しているという推理だ。

「ゾディアックはしばらく眠るつもりと言っていたわ。次に目覚めたときはまた会えるかもしれないとね。できたら私は会いたくないけど」

彼女は向こうに行けと言わんばかりに手払いした。

「僕のときと同じだ。父を殺したその日に、僕の中からゾディアックはいなくなった。あれ以来一度も現れてない」

「どういうことなの」

「ゾディアックの記憶が発現するトリガーは、強力な殺意や悪意なんだと思う。目的が達成されると殺意や悪意が弱まる。するとゾディアックは宿主を支配する力を失うというのが、僕の解釈だ」

杏野の説によればゾディアックが発現する条件はいくつかある。まずはゾディアックのDNAを継承していること、そして特定の脳波を持つこと、さらには他人に強い殺意や悪意を抱いていること。それらの条件が揃うことでゾディアックがイマジナリーフレンドとして現れるというわけだ。

「今でもゾディアックにそそのかされたという主張は変えないんだな」

浜田がなじるように言った。

「だって実際にそのとおりなんだからしかたがない」

杏野は開き直ったように言った。

「ゾディアックの起源《オリジン》って誰なのかしら」

「僕もさまざまな文献や美術品などからゾディアックの歴史をひもといた。一番古い記録は西暦五〇三年の東ローマ帝国だ。ある村で起きた十三人殺し事件の裁判記録と、その事件の様子を描いたとされる作者不詳の絵画を見つけた。そこに描かれた被害者の体にゾディアックのシンボルマークが刻まれていた。どうやら犯人が刃物を使って刻み込んだようだ」

「それがゾディアックの起源だとすれば、子孫はすごい数になっているわね」

マヤの言うとおり、子から孫へ、そしてひ孫へとその数はねずみ算式に増えていく。代官山だって、ゾディアックのＤＮＡを継承しているかもしれない。そう考えると容疑者がどれほどいるのか想像もつかない。

「だけどゾディアックが発現するにはそれなりの条件がいる。だから同時多発的に出てくることは滅多にないというのが僕の考えだ」

「そんなのはこじつけだ」

浜田がテーブルを叩いた。どうも彼はマヤと親しい杏野に強い敵意を向けているようだ。

「もちろん今は仮説にすぎない。でもいつかは証明したいと思ってる」

「それは無理だね。だって、あんたは死刑だから」

浜田は小馬鹿にするような口ぶりだ。

「そうだね。だけど弁護士に頼んで、僕の研究は後世に残したいと思ってる。何世代先になるか分からないけど、謎が解明される日が来ると信じている」

その口調には研究に対する情熱や信念を感じさせる力強さがあった。彼のような情熱や信念はどんな職業にも必要だ。特に刑事には。

「あとゾディアックの宿主となった今回の犯人は、僕がそうだったように、ゾディアックについていろいろと調べたはずだ。図書館や書店から関連書籍を多数取り寄せて片っ端から目を通しているかもしれない」

「あんたに言われるまでもない」

浜田が言うように、そのことについては他の班が調べているところだ。

「ところで例のコラージュは誰なのか分かったの？」

「まだ不明よ」

新垣美優のフェイスラインで女性のモンタージュが完成した。

「これは僕の単なる勘にすぎないんだけど……」

「ぜひ聞かせてほしいわ」

「ゾディアック……犯人もこの女性を捜しているんじゃないかな。理由は分からないけど」

「なるほど……つまりゾディアックはこんな手の込んだ事件を起こして警察にこの女性の存在をアピールしたってことね」

「そう、さすがのゾディアックでもこの女性の所在を突き止めることができない。だから警察を動かそうとした、と考えれば腑に落ちないでもない」

「そうだったらさっさと警察に連絡すればいいのに」

浜田が苦虫を嚙み潰したような顔で言った。

「警察に相談できない理由があったのかもしれない。僕の場合もそうだったけど、警察に通報しようとしたらゾディアックに止められた」

「そんな主張で自己正当化するなんて認められないぞ」

厳しい口調で返す浜田を杏野が淋しげな瞳で見つめた。

「まだゾディアックは眠りに入っていないと思うわ」

「どうしてそう思うんだい」

杏野はマヤに向き直った。

「彼は『本来の目的を遂げた後、私はしばらく眠りに入るつもりだ』と言ってたの」

「つまりその本来の目的が、この女性を見つけ出すことじゃないのか」

マヤは「なるほどね」とつぶやいた。

つまり、まだゾディアックを捕まえるチャンスがあるということだ。

「ゾディアックになにか言いたいことはあるか」

浜田は底意地悪そうな口調で尋ねた。

「一度でいいから面会に来てほしいね」

そう言って杏野は力なく微笑んだ。

「妄想とはいえ、友達は友達だからな」

浜田が吐き捨てるように言った。

20

月が替わり、今日は三月一日。

テレビのワイドショーやネット上では、連日にわたって警察批判で大いに盛り上がっている。

白い目で見る市民たちの視線を背中に感じながらも代官山たちは捜査に精力を傾けていた。

「ここですね」

助手席の浜田がカーナビを確認すると、左側に建つ高層のインテリジェントビルを指さした。

代官山はハンドルを回して左折すると、近くのコインパーキングに車を駐車させた。浜田が助手席から外に出て、後部席の扉を開く。後部席に座っていたマヤが外に出てくる。

彼女はビルを見上げた。彼女の視線の先は五階に向いていた。横に長い窓には「代々木美容整形クリニック」と看板が打たれている。

代官山たちは建物に入るとさっそくクリニックに向かった。ここは名前にあるとおり、代々木駅からほど近い立地である。

クリニックの内装はまるで一流ホテルのロビーのように豪奢《ごうしゃ》だが、病院らしく清潔感もあった。待合室は壁も床もソファも白で統一されて、ゆったりとした広さがあった。

受付カウンターにはモデルを思わせる容姿の女性が二人、代官山たちに微笑みを向けていた。

代官山が身分を名乗るとすぐに奥の部屋に通された。こちらは大きめの長方形のテーブルに椅子が並べられて会議室を思わせる。

「お待たせしました」

間もなく白衣姿の男性が部屋に入ってきた。日焼けサロンで焼いたような小麦色の顔は、顎鬚《ひげ》をたくわえている。スポーツジムで鍛えているのか、筋骨隆々とした体つきだった。パッと見、三十代後半といったところか。彼は院長の松坂雄三《まつざかゆうぞう》と名乗った。

「さっそくですが、こちらの女性をご存じですか」

浜田は松坂に三枚の写真を見せた。それを見た彼は表情を曇らせた。

「はい、私の患者です」

松坂はあっさりと認めた。

「一枚目は坂口優樹菜、二枚目は秋山恵、そして三枚目が新垣美優です」

浜田が沈痛な面持ちで言った。

「三人とも私が施術しました。坂口さんは目、秋山さんは鼻、新垣さんは顎ですね」

「ゾディアック事件のことはご存じですよね」

「え、ええ……あれだけの騒動になってますから。そちらの女性は黒井マヤさんですよね。写真で見る以上に完璧な美貌をしてらっしゃる」

マヤの顔を観察するように見つめながら、松坂は言った。

「だったらどうして通報してくれなかったんですか」

浜田は責めるような口調になった。

「我々、医師には患者の個人情報に対する守秘義務があって、美容整形においては特にそれらの扱いがナーバスになります。どうか、ご理解ください。ですが警察の要請があれば、協力は惜しみません」

松坂は神妙な面持ちで頭を下げた。まだまだ美容整形にはネガティブなイメージが根強いことを思うと、無理もないかもしれない。

七人の被害者のうち三人がここの患者だということが、今朝の捜査会議で報告された。さっそく代官山たちが聞き込みに訪れたというわけである。

「それでは、この女性をご存じですか」

浜田はさらにもう一枚の写真を差し出した。松坂は写真に顔を近づけると、じっと目を凝らした。

「この方も私が施術しました」

代官山は心の中で「ビンゴ！」とつぶやいた。浜田、マヤとも顔を見合わせる。二人とも頷いた。

最後に見せた写真は、殺された七人の顔のパーツをコラージュして、不自然に見えないよう画像処理したモンタージュである。この写真はマスコミには発表していない。

「この方がゾディアックなんですか？」

松坂は関心を引かれたのか、姿勢が前のめりになっている。

「そういうわけではないんですが……この女性のカルテを見せてもらえますか」

「いや、この患者さんは女性ではないですよ」

「はあ？」

松坂の言葉に、代官山と浜田は間抜けな声を上げた。

「捜査に協力すると約束したので明かしますけどね、この患者さんは性同一性障害だと言ってました。だから、女性の顔にしてほしいというわけです」

「マジですかっ!?」

思わぬ情報に驚きが隠せない。

マヤを見ると、じっと考え込んだような表情になっている。

「どんな顔になりたいか希望を尋ねたら、女性の顔写真を差し出してきました。彼女のような顔になりたいと言うんです。そっくりにはできないけど、なるべく近づけるようにはしました」

「その患者が持ってきた写真もここにあるんですか」

浜田は意気込んで松坂に尋ねた。

「彼女なのか彼なのかよく分かりませんけど、この人のカルテはないんですよ。カルテと一緒に写真も同じファイルに収めていたんですけど、それもなくなりました」

「どういうことですか」

「この病院に空き巣が入りまして、百人分のカルテや写真やレントゲンが入ったファイルが盗まれてしまったんです。最悪なことに、カルテのデータが入力されたパソコンのハードディスクも壊されてしまったので、カルテの復元ができなくて本当に困りました。

警察にも通報しましたが、盗まれたカルテやファイルは今も出てきていません。幸い、患者の個人情報が流されたという被害報告はなかったですけどね」

どうやら、その百人分のカルテの中に、この写真の人物も含まれていたようだ。

これは単なる偶然だろうか。

「この人物の名前は分かりませんか」

「いやあ、覚えてないなあ。とてもありふれた名前だったとは、思うんですが」

「素性が分かるものであれば、どんな情報でもいいです。覚えていることがあれば教えてください」

浜田はなおも詰め寄った。

「今までにも何度か整形を受けた痕跡がありましたね。他には……」

しばらく記憶をしぼり出すようにこめかみに指をねじ込んでいた松坂だったが突然、パンと手をはたいた。「そういえばうちのスタッフがこの人をどこかで見かけたって言ってたなあ。整形後だったから女性の服装だったとか言って。彼女、呼びましょうか」

「お願いします！」

院長の松坂は部屋を出るとすぐに女性を連れて戻ってきた。受付に座っていた女性の一人だ。

彼女は鈴木《すずき》未唯《みゆ》と名乗った。この医院に勤務して四年目だという。浜田は彼女に件の顔写真を見せた。

「この人なら渋谷のカフェで見かけましたよ。去年の今ごろだったと思いますけど」

鈴木曰く、渋谷のスペイン坂にあるカフェだという。浜田はさっそくスマートフォンで、ネット検索をかけた。

「ゼビウスカフェですか？」

「そこです」

浜田がスマートフォンの画面を向けると、鈴木は即答した。写真の人物は、ゼビウスカフェの店員だったという。

「店の外から見かけただけで声はかけませんでしたけど、すっかり女性になっていましたね」

「その患者の名前は覚えてないですか」

「斎藤とか高橋とかありがちな名字に、タツヤとかタツオとかテツヤとか、そんな感じの名前だったと思います。すみません、はっきり思い出せないです」

鈴木は他のスタッフに聞いてみると言って、写真を持って部屋を出た。

五分ほどして戻ってきたが、他のスタッフも名前を覚えていないという。

代官山たちは礼を言ってクリニックを辞去した。

そして車に乗り込むと渋谷に向かった。車を駐車場に駐《と》め、三人はスペイン坂に向かう。細い坂道には飲食店やブティックや雑貨店などが並んでいて、平日なのに若者たちで賑《にぎ》わっていた。

そのうちの何人かはマヤに気づいたようでスマートフォンで撮影している。浜田が彼女の前に立ちはだかった。

ゼビウスカフェは坂の中ほどに見つかった。白を基調としたシンプルな内装でほぼ満席だった。店内では緑色の制服姿の女性スタッフ四人が、客から注文を取ったり、飲み物を運んだりしている。代官山たちは彼女たちに警察手帳と一緒に件の写真を見せた。

「月奈さんに……似てますね」

望月優子《もちづきゆうこ》と名乗る女性店員がしばらく写真をじっと見つめてから言った。

彼女はゼビウスカフェでバイトを始めて一年半ほどになるらしい。彼女によれば写真の人物は以前、この店に勤めていた峰岸月奈という女性によく似ているという。

「まだ犯人が分からないんですか？」

「犯人ってなんの？」

望月の質問の意味が分からず代官山は聞き返した。

「本物の月奈さんと彼女のお父さんを殺した犯人に決まってるじゃないですか」

うだ。


「本物の月奈さん？」

「あれ？　本当に知らないんですか？　警察の方ですよね」

望月の顔に不審の色が広がった。

「いやあ、その事件の担当じゃないんだよ」

「じゃあ、やっぱりゾディアック事件？」

望月は他の店員に話を聞いているマヤをそっと指さした。望月もマヤを知っているようだ。

それどころか店内の客の多くが彼女に注目している。中にはスマートフォンで撮影しようとする客もいた。そんな彼らに浜田が注意する。

「峰岸月奈について詳しい話を聞かせてくれないかな」

望月は月奈の父親が店にやってきたこと、翌日に月奈が店を辞めてしまったこと、その二日後に彼女を美容整形クリニックの前で見かけたことを話した。

「でもね、私が知っている月奈さんはどうやら偽者だったみたいなんです」

「どういうこと？」

「月奈さんの白骨死体が見つかったんですよ。その時点で死後一年以上経っているとネットニュースに書いてあったけど、私が最後に彼女の姿を見たのはそんな前じゃないですからね」

望月が月奈を最後に見たのは、彼女が店を辞めてから二日後、原宿の美容整形クリニックから出てくるところだったという。

——また美容整形。代官山はその美容整形クリニックの所在を聞いてメモをした。

「他になにか峰岸月奈と名乗ってた女に関することでなんでもいい、覚えていることはないかな」

「あの人、とっつきにくかったからあまり話をしたことがなかったんですけど、一度だけヴァルキリーの話題で盛り上がったことがあるんですよ」

「ヴァルキリーってヘビメタバンドの？」

「刑事さん、知ってるんですか!?」

望月の瞳がキラリと光った。代官山はいやいやと手を振った。七草華子の部屋で初めて知ったばかりだ。壁のポスターやマグカップにＶＡＬＫＹＲＩＥのロゴがついていた。

「彼女がファンなんだ」

代官山はマヤを指した。マヤはこちらを振り向いた。

「ヴァルキリーはよく聴くわよ。スマホにもダウンロードしてある」

彼女はスマートフォンの画面を表示させて見せた。正直、彼らの楽曲のどこがいいのか分からない。

「嬉しい！　私も大ファンなんですよ。でも知っている人が全然いなくて話題にできないんですよね」

「マイナーなところがいいんじゃない。むしろ下手にメジャーにはなってほしくないわ」

「そうですよね！　知る人ぞ知るレア感がヴァルキリーの魅力です」

望月の口調には熱がこもっていた。かなりのファンらしい。

「明後日の夜、渋谷でライブがあるわね」

「当然、チケットはゲット済みです。今から楽しみですよ。刑事さんも行くんですか」

「もちろんよ。あなたはどんな曲が好きなの？　私は『ババアのはらわた』がフェイバリットよ」

どういうタイトルだよ。

「シブいですね！　月奈さんも、その曲をイチ推ししてましたよ。私は新曲の『チック

＆タック』が何気に好きです。あれは一度聴いたら忘れられないですよ。ついつい、口ずさんじゃう」

「今までの楽曲とは全然違うけど、たしかに面白いメロディよね。でもヴァルキリーはやっぱりヘビメタ路線でいってほしいわ」

「それについては同感です。そう言えば、もう一つ思い出したことがあります」

「教えてくれる？」

マヤが促すと望月は頷いた。

「月奈さんのことを調べている男の人が店に来たんです。最初は事件のことを調べているマスコミの人だと思ったんだけど、違ったみたいで……。その人、月奈さんの話を聞かせてほしいと言って、五万円くれたんですよ。私、別に悪いことしてないですよね」

彼女は少し心配そうに聞いた。

「もちろん問題ないわ。ところで正確な日にちを覚えてる？」

「ちょっと待ってくださいね」

望月は安堵した表情を見せながらポケットからスマートフォンを取り出した。なんでもアプリに日記をつけているという。

「ええっと、去年の八月四日です。その三日後に月奈さんの白骨死体が発見されたというニュースを知って驚いたんですよ」

それで望月は店で一緒に働いていた月奈がなりすましであることを確信したという。

「その男性はどうして月奈のことを調べていたの」

「それについては詮索しないという条件で五万円もらったんです」

「どんな男性だった？」

「年齢は二十代後半くらいで、見た目はあんまりイケてないっていうか陰キャっぽいっていうか、ぶっちゃけタイプじゃないです」

彼女は男性とはその日が初対面で、名前も連絡先も知らないと言った。

五万円はその場で受け取って、男性はその後、彼女の前に姿を見せることはなかったという。

「その男性はヴァルキリーについてなにか話してた？」

マヤは質問を続けた。

「本人は知らなかったみたいですけど、女友達がファンだと言ってました。彼女さんではなかったみたいですけど、なんかその人に未練を残してるような感じだったなあ」

望月は遠い目をしながら言った。

「その女友達って七草華子という女性かしら？」

「さあ、名前までは聞いてませんけど。ところで七草華子って、ネットで話題になっている女性ですよね」

七草華子の名前は警察は公表していないが、動画の再生時間からマヤと同じ推理をした複数の人間がネットに書き込みをしたようだ。先日も彼女の名前がツイッターのトレンドワードになっていた。

そんなこともあって七草華子殺人事件もにわかに注目を集めている。

代官山は、謎の男について心の中に書き留めた。

21

代官山たちはゼビウスカフェを出ると、警視庁のオフィスに戻った。そして峰岸敏之が殺害された事件について調べた。

事件は去年の六月三日に起きて、いまだに犯人は特定されていない。その事件を担当した刑事がたまたまオフィスにいたので詳しい話を聞いた。

「ゾディアック事件を調べていたらとんでもない事件にたどり着いちゃいましたね」

話を聞き終わってから自分の席に戻った代官山は椅子に腰を落とした。

峰岸敏之は月奈の実の父親だが、親子関係は良好とは言えず長い間、音信不通だった。そんなある日、その日暮らしで困窮していた敏之は娘のバイト先をたまたま知人から聞き、彼女の勤務先であるゼビウスカフェを訪問した。おそらく金の無心をするためと推測される。しかし別人が月奈の名前を騙《かた》っていることを知り、その女性と店の外で揉めた。そのときの様子は、カフェ店員である望月優子が目撃している。それから次の日には、月奈が店を辞めてしまった。望月が原宿の美容整形クリニックの前で月奈を目撃したのは、月奈が店を辞めた二日後である。

敏之は娘になりすましている人物のことを警察には通報しなかった。おそらく彼はそれをネタに偽者の月奈を強請ったのではないかと警察は見ている。そして月奈がゼビウスカフェを辞めてから約二ヶ月後、敏之が殺害された。まだなりすましを把握していなかった警察は、すぐに実の娘である月奈の所在を探ったが、彼女は行方不明となっていた。

警察は彼女を重要参考人として指名手配した。顔写真は本物の月奈のものだった。望月がそのことについて一言も触れなかったことから、彼女は月奈が指名手配されたことを知らなかったと思われる。

本物の月奈と被害者たちの顔パーツを集めて画像処理した顔写真の女は、似通っているとはいえ、明らかに別人だ。そのことから仮に望月が交番の掲示板で指名手配のポスターを見かけたとしても、気に留めなかったに違いない。

それはともかく、敏之が殺害されてから約二ヶ月後の八月七日に月奈の白骨死体が箱根の山中で発見された。歯の治療痕などから本人であることが確定された。死後一年以上経っていることから、ここで初めて警察及び望月は何者かが月奈になりすましていたことを把握する。そして警察はその人物が敏之を殺害したに違いないと確信した。

代官山は峰岸月奈本人の顔写真を代々木美容整形クリニックの院長である松坂に確認してもらった。すると彼はその顔に見覚えがあると答えた。この女性の顔写真を元に施術したという。その患者が、偽者の月奈であるのは明らかだ。さらに、以前に松坂はその人物は男性だと言っていた。つまりこの人物こそ、峰岸敏之殺害事件の担当刑事たちが追うべき人物である。

さらにこの事件には衝撃的な続きがあった。現場に残された犯人のものと思われるD

ＮＡが福岡、広島、大阪、静岡で起きた連続殺人事件のものと一致した。これらはすべて未解決で、発生時期は数年にまたがっており現在把握されているだけで六人の被害者が出ている。

そしてそのリストに峰岸敏之が加わったということになる。

ＤＮＡや指紋が検出されていないだけで他の事件に関与している可能性もある。

福岡の事件での目撃情報から、犯人は二十代から四十代の女性とされている。つまりこの峰岸月奈になりすましたシリアルキラーということになる。

「そしてゾディアックは、このシリアルキラーをターゲットにしていた、というわけね」

マヤの言葉が事件の概略を締めくくった。この事件、思った以上に奥が深そうだ。

「こいつは、こんだけたくさんの人の命を奪っておきながら、顔を変えて他の人間になりすまして社会に溶け込んでいるんですよ」

代官山は握り拳に力を入れた。こんな外道もゾディアックも許すわけにはいかない。

「姫様、頼まれたリスト持ってきました」

浜田がオフィスに戻ってきた。複数のファイルを持っている。

マヤはファイルを受け取ると内容に目を通した。代官山も覗き込む。

「これはなんのリストですか」

「都内の図書館の貸し出し履歴よ」

他にも大手ネット書店やレンタルビデオ店の顧客履歴リストがある。

「原点に立ち返るわけですね」

「こういう地道な捜査が実を結ぶこともあるわ」

マヤらしくない台詞に思わず噴き出しそうになる。

ゾディアック事件のような猟奇事件が起こると、警察は書店やレンタルビデオ店の顧客履歴を調べることがある。過激なホラー映画やレイプ動画集など嗜虐《しぎやく》性を盛り込んだ作品を愛好している顧客を把握するためだ。そう言えば拘置所で杏野もそのことについて触れていた。

代官山はネット書店のリストを開いた。そこにはゾディアック事件に関するドキュメンタリーやルポルタージュ、さらにはゾディアック事件をモチーフにした小説や漫画のタイトルと、その購入者の氏名と購入日時がズラリと並んでいる。

レンタルビデオ店のファイルにはゾディアックに関する映画やアニメのタイトルとそれらをレンタルした顧客名、そしてレンタルした日時がリストアップされていた。マヤが目を通しているリストは、都内の図書館の貸し出し履歴だが、内容はやはりゾディアック事件関連書籍に限定されていた。

マヤはすべてのファイルの中から十四人をピックアップして名前を書きだした。

「浜田くん、この人たちの顔写真を揃えてくれる？」

「喜んで！」

浜田はリストを手にすると部屋を飛び出していった。

運転免許証やパスポートに顔写真のデータが入っているから、警察であればだいたい入手できる。

特にマヤには警視総監から特別な権限が与えられているので、彼女の指示だと告げれば手続きもスムーズなはずだ。

「はあ、疲れたわね。代官様、肩揉んで」

「は、はあ……」

今はマヤの機嫌を損ねたくないので、おとなしく従う。たしかに彼女の両肩は凝っていた。

「『ダーティハリー』って映画知ってる？」

「クリント・イーストウッド主演ですよね。俺、好きなんですよ」

イーストウッド演じるダーティーハリーことはみ出し刑事のハリー・キャラハンが、傍若無人ともいえる捜査で犯人を追いつめる痛快な刑事ものである。

「一作目でスコルピオっていう敵が出てくるじゃない。あれってゾディアックがモデルなんだって」

「そうだったんですか」

他にもゾディアックがモチーフとされた作品は多数存在するという。彼女はいくつも作品名をあげた。

それは映画のみならず文学や音楽まで多岐にわたる。まさにポップカルチャーの題材の源泉となっていたのだ。杏野雲の説が本当なら美術絵画作品にもなっているではないか。

それからしばらくして浜田が十四人分の顔写真のコピーを手にして戻ってきた。

「ところで峰岸月奈のなりすましが最後に目撃されたのは、どこだったたっけ？」

「原宿の美容整形クリニックですよ。望月優子の証言です。月奈が店を辞めてから二日後だから去年の四月八日ですね」

代官山はマヤの質問に答える。

「行くわよ」

彼女はジャケットを肩に引っかけると部屋を出ていった。代官山と浜田は慌ててあとを追いかけた。

22

車を駐め、七階建てのビルを見上げた代官山たちは唖然《あぜん》とした。

ここは望月から聞いた偽者の月奈を最後に見かけたという原宿のビルだ。まだ新しいビルだと思われるが美容整形クリニックが入居しているはずの三階の外壁だけが異様に煤《すす》ばんでいる。そして窓は板で完全に塞がれていた。

「火災にあったみたいですね」

浜田の言葉に嫌な予感がした。

「とりあえず上がってみましょう」

代官山たちは三階に上がった。

このビルはワンフロアに一軒ずつオフィスが入居しているが、三階だけが閉ざされていた。

扉には張り紙がしてあり「シェーン美容整形クリニックは以下に移転しました」と移転先が地図と一緒に示されている。ここから歩いて三分ほどの距離だ。

代官山たちはさっそく移転先のビルに向かった。こちらのビルは五階建てだが、造りは先ほどの建物よりさらに立派だった。おそらくテナント家賃はこちらの方が高いだろう。

シェーン美容整形クリニックはこちらでも三階に入っていた。受付の女性に警察手帳を提示すると奥のカウンセリングルームに通された。こちらも高級ホテルの客室を思わせる調度品と内装が施されている。ここで患者の問診やカウンセリングが行われるようだ。この豪奢な内装からして、手術費用も相当な額なのだろう。そもそも美容整形は保険が適用されない。

金原正義《かねはらまさよし》院長は代々木美容整形クリニックの院長とは対照的に小太りで薄毛で、みすぼらしい顔立ちの男性だった。年齢は三十八というが五十代に見える。それでもこの立地でこれだけの医院を維持できるのだから高い技術の持ち主なのだろう。

ちなみに医院名のシェーンにはドイツ語で「美しい」の意味があるそうだ。

「あちらのビルは火災ですか」

「去年の七月です。何者かが夜間にクリニック内に侵入して火を放った。高価な医療機器や手術器具もすべて台無しです。犯人はまだ捕まらないんですか！」

金原は責めるような口調で言った。放火によってこちらへの移転を余儀なくされたという。

火災保険に入っていたので被害額の一部は戻ってきたようだ。

「その件に関しては鋭意捜査中です。今回は別件で伺いました」

浜田は件の顔写真を見せた。

「ああ、この人……」

「こちらの患者ですよね。去年の四月前後に来院しているはずなんですが」

「女性の顔をしていたけど男性でした。本人曰く、性同一性障害だとね」

どうやら間違いないようだ。

「この患者はどんな施術を受けたんですか」

「男の顔に戻りたいと言ったからそうしてやりました」

「男の顔！　どんな顔ですか」

「私も多くの患者を扱ってますから、一人一人の施術後の顔を正確には覚えていられない。施術ビフォーアフターの顔写真や、レントゲンやカルテは焼失してしまったからお役に立てそうにはありません」

院長は患者の氏名や住所も覚えてないとつけ加えた。

代官山たちは顔を見合わせた。先ほどビルを見たときの不安は的中した。

代々木美容整形クリニックでは盗難、そしてこちらは放火。この写真の人物が自分の素性を示すカルテや写真の隠滅を図ったに違いない。

「似顔絵の作成にご協力願えますか」

「いいですけど、この人がゾディアックなんですか？」

金原の瞳に好奇の光が宿った。

「捜査上のことなので……他になにか気になることはありましたか」

「今までにも何度も整形手術を受けてきたようですね。痕跡で分かりますよ。もはや原形を留めていないレベルです」

代々木美容整形クリニックの院長も同じことを言っていた。

「手術に立ち会ったスタッフはいないのかしら」

今度はマヤが質問をした。

「やっぱり黒井マヤさんだ。ネットで見るより美人だな」

金原は嬉しそうに微笑んだ。

「質問に答えていただけないかしら」

マヤの冷ややかな口調に院長は咳払いをした。

「失敬。あの日はたしか……ナースの鷺沼《さぎぬま》さん、あと麻酔医の池端《いけはた》先生だったかな。池端先生はアメリカに留学中だが、鷺沼さんなら今日も出勤してますよ。呼びましょうか」

「お願いします」

金原がインターフォンを使って呼び出すと、白衣姿の看護師が入ってきた。年齢は三十代前半といったところか、女性としては長身で小作りな目鼻立ちはこけしを思わせた。

浜田はさっそく患者のことを尋ねた。

「名前はたしか高橋タツヤだったかタツオだったか……正確には思い出せません」

「高橋は間違いないですか」

「はい。私の旧姓と同じなので名字だけは覚えてます」

「なるほど」

浜田が手帳にメモをした。しかしそれすらも偽名かもしれない。

「手術日の正確な日付は覚えてないですかね」

「たしか……去年の五月、連休明けだったと思います」

正確な日にちまでは覚えていないようだ。

「この患者のことで他になにか覚えていることはありますか。あ、性同一性障害以外で」

「ああ、そう言えば……」

鷺沼はクスリと笑いを漏らした。

「この患者さん、術後に一日だけ入院したんです。夜間に病室から声が聞こえたので何ごとかと入ってみたら、高橋さん、鼻歌を歌っていたんですよ。でも眠っていたので夢でも見ていたんでしょうね」

「鼻歌の寝言ですか」

鷺沼はコクリと頷いた。

「それがとても面白いメロディで今でも耳に残ってます。私も時々、鼻歌を歌ってしまいますもん」

「どんなメロディですか」

「え？　ここで再現するんですか」

浜田の要求に鷺沼は小刻みに瞬きをした。

「よろしくお願いします」

「恥ずかしいわ……」

そう言いながらも鷺沼は咳払いをして姿勢を正した。そして鼻歌でメロディを歌い始めた。

「たしかに面白い、そして耳に残るメロディですね」

代官山も同感だ。まるで秒針が時を刻むようなシンプルな旋律だが一回聞いただけで覚えてしまう。患者はそのメロディを、何度もくり返していたという。

「そうでしょう。面白いですよね」

「なんていう曲なんですか」

「逆に私が教えてほしいくらいですよ」

鷺沼は眉尻を下げながら言った。

「ヴァルキリーよ」

突然、マヤが答えた。

「ヘビメタバンドなのにこんな曲も作るんですね」

「『チック&タック』という知る人ぞ知る曲よ」

ゼビウスカフェの望月が好きだと言っていた曲だ。そもそもヴァルキリーはマイナーなバンドだ。多くの人間は彼らの代表作すら知らないだろう。鷺沼もヴァルキリーの名前は初めて聞いたという。

「またヴァルキリーの名前が出てきましたね」

クリニックを辞去し、代官山はハンドルを握りながら後部席のマヤに声をかけた。

「そうね……」

ルームミラーで後部席を見る。彼女は意味ありげな目つきを窓の外に向けていた。

23

次に代官山たちは、渋谷に向かった。行き先を指定したのはマヤだ。再びゼビウスカフェを訪れるという。

彼女は店に入るなり望月に声をかけた。先ほどに比べると客は少なくなっている。ランチのサービスタイムが終わったからだという。テーブルを挟んでマヤと望月が向き合った。

「お仕事中申し訳ないんだけどこれを確認してくれるかしら」

「暇だから協力しますよ」

マヤはテーブルの上に先ほど浜田が用意した顔写真を一枚ずつ並べていく。全員、二十代後半くらいの男性だ。

「この中に知っている人はいるかしら」

望月は写真一枚一枚に顔を近づけて、慎重な様子でチェックしている。

「あっ、この人ですよ」

やがて彼女は一枚の写真を指した。

「この人は誰なの？」

「私に五万円をくれた人ですよ。月奈さんを調べていた人です……って言っちゃった」

望月はしまったと言わんばかりに、舌を出しながら自身の頭に拳骨をぶつけた。五万円に口止め料が含まれていたことを思い出したようだ。

「安心して。あなたから聞いたなんて言わないから」

「よかったぁ」

望月は安堵したように胸をさすった。

テーブルの上の写真をまとめると、代官山たちは店を出た。

「まさかのヒットですね」

浜田の言葉にマヤが親指を立てた。

「こいつ誰なんですか」

「木船奏太《きふねそうた》、二十八歳のフリーター。住所は世田谷区野沢二丁目にあるアパートよ」

「野沢二丁目って七草華子のマンションの住所じゃないですか！」

「こいつが峰岸月奈のことを調べていた。単なる偶然だと思う？」

「思うわけないじゃないですか！」

代官山たちは車に乗り込んで、野沢二丁目に向かった。渋谷から十五分ほどの距離である。

木船奏太のアパートは、七草華子のマンションと道路を挟んで斜め向かいに建っていた。軽量鉄骨構造の古い物件のようで外壁も非常階段の手すりも色褪せている。三階建て、各フロアに四戸ずつの造りで、すべてワンルームのようだ。

各戸ともベランダが設置されていない。建物のサイズからして各部屋六畳もなさそうだ。それだけに家賃も安いと思われる。学生向けの物件だろう。最寄り駅は駒沢大学駅だが、徒歩で七、八分かかるだろう。

「三階の角部屋ね」

マヤは木船の部屋から斜め向かいの七草の部屋に視線を移した。

「もしかしたら木船は七草華子殺害を目撃していたかもしれないですね」

七草の部屋から木船の部屋を眺めることができる。逆もまた然《しか》りだ。

「行くわよ」

マヤがエントランスをくぐった。

「浜田さんは窓を見張っていてください」

木船が窓から逃亡する可能性がある。容疑者宅に向かう場合、必ず見張りを立たせる。

「了解です」

浜田は部屋の真下に移動した。

代官山はマヤのあとについて階段から三階に上がると、通路を進んで木船の部屋の玄関扉の前に立った。扉のすぐ隣に洗濯機が設置されていた。通路に屋根はついているがそれでも風雨にさらされるためか、本体は泥や埃で汚れている。

「どうしますか」

「まずは話を聞きましょう」

もし木船がゾディアックなら、自分が指定した黒井マヤの出現になんらかの反応を見せるはずだ。その表情の変化を見逃すわけにはいかない。

もし、窓から逃亡しても階下には浜田が待機している……って大丈夫だろうかと心配になるが。

代官山は扉に耳をつけてみた。なにも聞こえないし在室の気配すら窺えない。留守だろうか。電気メーターを確認すると回転盤はゆっくりと回っている。

代官山はチャイムを押した。呼び出しの音はするが、足音は聞こえてこない。

代官山はそっとドアノブを回してみた。案に相違してノブが回った。施錠されていないようだ。

マヤと顔を見合わせる。

「逮捕状も出てないですよ」

「私が許可する」

彼女はそっと告げた。普段なら躊躇するところだが、今回ばかりはそうも言っていられない。ゾディアックを逮捕するためなら多少の不法行為は厭《いと》わない。

代官山は、扉を開いて玄関に足を踏み入れた。短い通路がキッチンにもなっており、その先に襖が見えた。襖の向こうが部屋になっているのだろう。

「黒井さん！」

代官山は襖を指さした。

「もはや隠す気もないようね」

マヤは鼻で笑った。

襖にはマジックペンで描いたのだろう、表面いっぱいにゾディアックのシンボルマークが浮かび上がっていた。

「木船奏太さん」

代官山の呼びかけに反応がない。

「おじゃましますよ」

代官山とマヤは靴を脱いで短い通路を進み、襖を開ける。整頓が行き届いた四畳半の部屋に人気《ひとけ》はなかった。

「なんなの、これ……」

マヤが顔をしかめた。壁一面に彼女の写真が貼りつけられていた。

24

二日後の夜。代官山たちは渋谷のライブハウスにいた。会場は大きくないがそれでも若者たちの熱気でむせ返りそうなほどだった。

ステージではホラー映画に出てくる化け物のようなマスクを被った三人組が演奏をしていた。

三人とも胸にＶＡＬＫＹＲＩＥのロゴが入ったＴシャツを着用していた。それと同じものをマヤも着ていた。その上にジャケットを羽織っている。

サングラスと帽子を被っているが客の何人かは彼女がマヤであることに気づいているためか、チラチラと彼女を気にしている。彼女はライブを堪能したようだが、代官山にとっては苦痛以外の何ものでもなかった。やはりヘビメタは苦手である。浜田は気に入ったようで終始ノリノリではしゃぎまくっていた。あとでＣＤを買うつもりらしい。

今夜は半ば無理やりここに連れてこられた。マヤは三人分のチケットを用意しておいたようだ。

「さあ、楽屋に行くわよ」

ステージ会場を出たマヤは興奮冷めやらぬといった様子で奥の通路を進んでいく。そこには〈関係者以外立ち入り禁止〉の貼り紙がしてある。

「楽屋って、なにしに行くんですか」

代官山はマヤの背中を追いかけながら尋ねた。浜田も後ろからついてきている。

「メンバーに会いに行くに決まってるでしょう」

「そんなことしてる場合じゃないでしょう。ゾディアックが野放しになっているんですよ」

二日前、木船のアパートに踏み込んだが本人は不在だった。その後、室内を捜査したところ、パソコンのハードディスクに犯行声明文や暗号文などの下書きが保存されていた。また、ビデオカメラのSDカードには編集前の犯行現場の生映像があり、さらに押し入れの中のバッグの中からは、被害者たちの血痕が付着した凶器の数々が見つかった。その中には飯塚肇の血痕も含まれていた。

あれから木船のアパートを張り込んだが本人は姿を見せなかった。警察は一連のゾディアック事件の重要参考人として木船を全国指名手配した。今のところ本人の行方は杳《よう》として知れない。捜査本部では人知れず自殺したのではないかという意見も出ている。代官山もその可能性が高いと思っている。

「だから聞き込みに行くんじゃない」

「へっ?」

代官山の間の抜けた声が狭い通路に響いた。

どうして聞き込み先がヴァルキリーの楽屋なのか、分からなかった。

「ちょっと!」

楽屋に近づくと入口に立っていた、VALKYRIEのTシャツを着用したスタッフと思わしき男性に声をかけられた。

ヴァルキリーのスタッフたちは、メンバーに倣ってかそれぞれ個性的な仮面をつけている。

「なにかしら? マイケルさん」

そのスタッフは有名ホラー映画の殺人鬼が着用しているマスクだった。表情が読めない、ただならぬ不気味さが漂っている。

マヤが「メンバーに話を聞きたい」と警察手帳を見せるとすんなりと中に通してくれた。楽屋は十畳くらいの広さで、真ん中に大きめのテーブル、それを取り囲むようにいくつかの椅子が並んでいる。また壁際にはロッカーが設置されていた。メンバーも楽屋に戻ってきたばかりのようで、まだ仮面を着用している。こちらもホラー映画に出てくる殺人鬼や怪物をデザインした仮面である。

刑事の突然の訪問に、仮面の穴から覗く三人の目が丸くなっていた。無理もないだろう。ゾディアック事件で時の人となっているマヤが目の前にいるのだから。

「ど、どうしたんですか？」

血の付いたホッケーマスクを被ったメンバーが訝しげに声をかけた。彼はステージではドラムを担当していてケンと名乗っていた。細身の他の二人に対して、小太りな体型である。

「私、ヴァルキリーの大ファンなの。いろいろとお話が聞きたくてお邪魔させてもらったわ。いいかしら」

「もちろんですよ」

マヤの願い出に、ケンが声を弾ませた。ギター担当のジロウは、顔が半分溶けかかったおどろおどろしい宇宙生物の仮面を被っている。そしてボーカル兼ギターのヒロが被っているのは、有名ホラー映画『スクリーム』に出てくる仮面である。ムンクの『叫び』をアレンジしたような、どちらかといえば滑稽なデザインだ。

しばらくマヤはヴァルキリーに対する思いを熱っぽく語った。メンバーたちは嬉しそうに相づちを打ちながら聞いていた。

「ところで七草華子という女性に心当たりがあるかしら？」

マヤの突然の問いかけに三人は意表を突かれた様子で目を見合わせた。明らかに心当たりがあるようだ。彼らは押し黙ってしまった。つい先ほどまで流れていた和やかな空気は消え失せていた。

「隠しごとをしても無駄よ。私がなにを聞きたいか分かっているでしょう」

ホッケーマスクの喉仏が上下に動いた。いったいマヤはなにを聞き出そうとしているのだろう。代官山は見守ることにした。

「ヒロに粘着していたファンの子です」

意を決したようにケンが答えた。

「説明してもらえるかしら」

マヤが促すとケンは話を続けた。

「彼女は俺たちの熱狂的なファンで、特にヒロに入れ込んでいたんですよ。ストーカーみたいにつきまとわれて、ついに彼女に顔バレしちゃったんです。仮面を脱いだところをカメラに撮られてしまって」

ヒロはうんうんと頷いている。

「彼女はなにか要求してきたの」

「ヒロにプライベートで会うことを要求してました。さすがにそれはできないと突っぱねていたんだけど、言うことを聞かないと、素性をばらすと言われたらしくて……」

「それで殺したの？」

「そ、そんなこと……」

ケンは両方の手のひらを左右に振りながら、体をのけぞらせた。

そんなメンバーに向かって、マヤは身を乗り出しながら顔を近づけた。

「峰岸月奈さんはどちらかしら」

「な、なんでその名前を知っているんですか」

マヤの問いかけにケンの目が再び丸くなった。

「この中に月奈がいるんですか？」

代官山はそっとマヤに耳打ちした。

「質問に答えなさい。月奈は誰なの？」

彼女は代官山を無視して再びメンバーに尋ねた。

「月奈は……ここにはいません」

ケンがおもむろに仮面を脱いだ。四十代といったところか。鼻から顎にかけて鬚をたくわえている。声の感じからもう少し若いと思っていただけに意外だった。

他の二人もケンに倣って素顔を曝した。ジロウは頬がこけて不健康そうな若者、そしてヒロは切れ長の目にシャープな鼻筋、茶色の短髪といかにもロックバンドのやんちゃなイメージを漂わせたルックスだ。三人とも事の重大さを察知して仮面を脱いだのだろう。神妙な面持ちである。

「ちょ、ちょっと……いないってどういうことよ」

マヤは少し混乱した様子で三人の顔を見比べた。

「月奈は性同一性障害だったたし、他にもいろいろ事情があったんだと思います。顔バレしたからこれ以上続けられない、と置き手紙を残して、俺たちの前から姿を消したんですよ。それから、一切連絡が取れなくなったんです」

「三人とも揃っているじゃないの。ヒロの正体が月奈なんでしょう」

マヤはスクリームの仮面を手に持ったヒロを指さした。しかしケンが首を横に振って否定した。

「今のヒロは月奈の後釜です。あいつが消えてこれからどうしようかと途方に暮れていたとき、ジロウがこいつのＳＮＳを見つけたんです。こいつはそこで、ヒロの声を完コピしている動画をアップしていたんですよ。それでジロウと話し合って、こいつを替え玉にすることにしたんです」

ケンはスマホを取り出すと、その動画を再生させた。マスクをしていない男性がヒロのものまねで歌っている。たしかにライブで聞いた声とそっくりだ。

今のヒロは上原貴好《うえはらたかよし》と名乗った。身長や体型が月奈と似通っているので仮面を被れば見分けがつかないという。

「峰岸月奈はどこにいるの？」

「さあ……」

ケンは首を傾げた。

「あんたら、七草華子が殺されたのは知ってるよな。どうして月奈の失踪を通報しなかったんだ。やつが犯人かもしれないって、普通は考えるだろう」

「俺たち、まだまだメジャーにはほど遠かったけどそれでもなんとか頑張って、やっと人気も出てきたところでした。今夜みたいに小さな箱でも満員にするまでになったんです。俺たちはどうしてもヴァルキリーを続けたかった。もし月奈が殺人犯なんてことになったらバンドは終わりだ。それだけは避けたかったんです」

ケンは申し訳なさそうに答えた。他の二人も頷いている。彼らの気持ちは分からないでもなかった。

「こいつが月奈よね」

マヤは三人に写真を見せた。ゾディアック事件における被害者たちの顔のパーツを合わせて画像処理した写真だ。

「すごく似てます」

三人は認めた。どうやらマヤが偏愛してきたバンド、ヴァルキリーの元ボーカルは、ずっと月奈が務めていたということになる。それは代官山にとっても衝撃だった。マヤは悔しそうに唇を噛んでいる。

「正直、今でも信じられません。あいつ、なにを考えているのかよく分からないところがあったけど、音楽に向ける情熱は本物でした。いつだってバンドや音楽のあり方を熱く語ってました。そしてヴァルキリーを絶対にメジャーにするんだって。そのときのあいつの目は本気でしたよ。そしてその夢はもうすぐ実現するところまで来ていたんだ」

ジロウが目に涙を浮かべながら言った。大手レコード会社から声がかかって月奈も喜んでいたという。

「月奈が作曲も作詞も手がけていたのよね。これからの新曲はどうするのよ」

「俺とジロウは作曲なんてできないけど、こいつができるから」

ケンは上原を指さした。

「あなた、月奈のような曲を作ることができるの」

マヤは上原に聞いた。

「月奈さんの作風を真似ることはできると思います」

彼は声に自信を窺わせた。

「つまり月奈の最後の曲が『チック＆タック』というわけね」

「いや、違いますよ。『チック&タック』はこいつが作った曲です」

ケンが答えるとマヤの瞳がキラリと光った。

「あなたがこの曲を初めて聴かされたのはいつなの？」

「ええっと、去年の十月くらいです」

「それって間違いないの？」

彼女はヒロ、いや上原に確認を取った。

「え、ええ……そうですけど」

「ふうん……いやはや、危うく逃げられるところだったわ」

マヤが不敵な笑みを浮かべた。メンバーの表情が突然強ばった。

「姫様、いったいなにがどうなっているんですか」

浜田は状況が呑み込めていないようだ。もちろん代官山もである。

「浜田くん、とりあえずこいつを逮捕して」

マヤは上原を指さした。

「ヒロさんをですか？」

浜田は両目を白黒させながら聞いた。

「そう。なぜならこの男が峰岸月奈だからよ。そうでしょ」

「な、なにを言ってるんだか……」

上原は頬を引きつらせている。他の二人も張り詰めた表情をしている。

「ＤＮＡ鑑定すればはっきりすることよ。そんなことしなくてもあなたが峰岸月奈だって確信があるわ」

「黒井さん、いったい全体どういうことなんですか」

事情が呑み込めていない代官山はマヤに説明を求めた。

「シェーン美容整形クリニックの看護師の証言を思い出して」

「患者が『チック＆タック』を口ずさんでいたというやつですか」

「『チック＆タック』は今年一月に発表されたばかりの新曲よ。だけど看護師が患者からそのメロディを聴いたのが、去年の五月の連休明け。発表から半年以上も前にそのメロディを知っているなんて、作曲者本人だけよ」

「なるほど……それでヒロの正体が峰岸月奈だと直感したんですね」

そして他のメンバーがヒロから初めて聴かされたのが去年の十月。つまり作曲者である月奈本人以外、そのメロディを知っている者はいないはずだ。

「だけどこの曲の作曲者がこの男だという。つまりこの男が月奈というわけよ。月奈は姿を消したとなっているけど、整形手術で顔と名前を変え、上原として再びヴァルキリーに戻ってきた。月奈の歌を完コピできるのも当然ね。本人なんだから。いや……そもそもあなたたちも嘘ついているでしょ。月奈をかばっているんじゃないの」

「そ、そんなこと……」

ケンが視線を泳がせながら声を上ずらせた。明らかに動揺している。

「整形で完璧に顔を変えるには何度か手を入れなければならないから、それなりに時間がかかる。あなたたちは定期的にライブをしていたから、整形過程の月奈を見てきたはず。だからこいつを上原だと思い込んでいたなんてあり得ない。月奈が失踪して上原を替え玉に仕立てたなんてのは、でっち上げよ。万が一警察が来たときのために、でっち上げの証言を用意しておいたのね。完コピの動画もそのために作っておいたんでしょ」

ケンは観念したようにうなだれた。

「ただ、ただ、ヴァルキリーを守りたかっただけなんです」

「ケン、お前が余計なことを言ったからだ。お前のせいだぞ」

これで上原も自分が月奈だと認めたようなものだ。ＤＮＡや指紋鑑定で確定できるだろう。

「てめえをかばうためだろうがっ！」

ケンが上原、いや月奈に殴りかかろうとしたので、浜田が間に割って入って遮った。

いつの間にか楽屋の出入口には数人のスタッフが集まって、中を覗き込んでいる。代官山は彼らを追い払って扉を閉めた。そしてケンとジロウにも楽屋で待機するよう告げた。彼らにも聞かなければならないことが山ほどある。二人は神妙な面持ちのまま頷いた。

「黒井マヤさん、一つだけ教えてくれ。どうしてゾディアックは七草華子殺しの犯人が俺であることを知っていたんだ」

月奈のモンタージュはマスコミには流していない。しかし月奈は被害者たちの顔のパーツが自分に似ていると、早い段階から気づいていたのだろう。ゾディアックの狙いが自分自身であることを、マヤたちよりもずっと先に察知していたはずだ。だが七草華子を殺害したとき、向かいのアパートに住む若者、木船奏太に目撃されていたことには、気づかなかったようだ。

「それについては警視庁の取調べ室で教えてあげるわ」

ゾディアックを追っていたら思いがけず、未解決だった連続殺人事件の犯人に行き着いた。しかし肝心のゾディアック事件の実行犯である木船奏太は世間に放たれたままだ。

「おとなしくしろよ」

浜田は月奈の両手に手錠をかけた。渋谷に連絡をすると、すぐに最寄りの警察署から警官が送られてきた。

楽屋の外に出ると、出入口では六人ほどのスタッフたちが立ち聞きをしていた。全員、VALKYRIEのロゴが入ったTシャツを着用していて、そのうち二人はまだ仮面を被っていた。

「はい、どいた、どいた」

代官山は出入口を塞いでいるスタッフたちに声をかけた。建物の外ではファンたちがメンバーの帰りを待ち構えているはずだ。代官山は月奈を先導しながら、建物の出口に向かった。

「おいっ！」

突然、背後で浜田の声が聞こえた。同時に月奈がその場でうずくまった。

脇腹を手で押さえているが、その指の隙間から血が溢れ出ている。

すぐ近くに仮面を被ったスタッフが、刃物を手にして立っていた。マヤは口に手を当てて目を見開いたまま固まっていた。

「な、なんなんだよ……」

血の付いた刃物を持ったスタッフは、有名ホラー映画に出てくる殺人鬼マイケルの仮面を被っていた。楽屋の前に立っていたスタッフだ。彼は刃物を振り上げるとうずくまった月奈に襲いかかった。

咄嗟に代官山はタックルした。二人は床に転がり、刃物がマイケルの手から離れた。代官山はすぐに起き上がると、相手に馬乗りになった。抵抗してきたので仮面の上から顔面に拳を叩きつけた。するとぐったりとして動かなくなった。代官山は相手の仮面を剝ぎ取った。

25

一時間後、代官山たちは小菅の東京拘置所にいた。昨日も来たばかりだ。目的はもちろん杏野雲との面会である。

椅子に座って待っていると、杏野がアクリル板越しに姿を現した。彼はいつになく嬉しそうな表情で代官山たちと向き合った。代官山とマヤ、浜田、そして今回はもう一人いる。

「あなたのアドバイスで上手くいったわ」

「それはよかった」

マヤの言葉に杏野は満足げだった。

木船奏太のアパートを突き止めたとき、彼は不在だった。そのことを杏野に報告したのが昨日だ。すると彼は「峰岸月奈を先に特定するべきだ」と言った。月奈の所在を突き止めれば、そこに必ず木船が現れるだろうというわけである。

月奈が警察に確保されてしまえば、木船は復讐の機会を失ってしまう。だから木船にとっては、マヤが月奈を特定した瞬間が最後のチャンスというわけだ。

そしてやはり木船もそのつもりだったようだ。動画でマヤを指名すれば彼女のことが話題となり、ネットを通じてマヤの所在情報を知ることができる。同時にそれは、捜査の進捗状況を示すことになる。現にマヤがヴァルキリーのライブ会場に出没したことがSNS上で話題になっていた。木船はマヤが月奈の正体を突き止めたのではないかと推察して、すぐにライブ会場に向かったというわけだ。

木船も散々月奈の痕跡を追っていたが、まさかヴァルキリーのボーカルが月奈だったとは思いもしなかったという。やはり個人の捜査では限界がある。

「杏野くん、約束は守ったからね。それでは紹介するわ。彼が木船奏太くんよ」

マヤは隣に腰掛けている青年に向けて、両手をヒラヒラさせた。月奈を刺したマイケルの仮面を被ったスタッフが木船だった。彼はスタッフになりすまして楽屋に出入りしていたのだ。仮面を着用していたため他のスタッフやメンバーからは疑われなかった。目的はもちろんマヤが正体を突き止めるであろう、月奈に復讐を遂げるためだ。

そして昨日、もし杏野のアドバイスが功を奏して事件解決となったら、ゾディアックと話をさせてほしいと改めて杏野が願い出ていた。

マヤはそれを快諾していた。杏野とゾディアックのやり取りに関心があったのだろう。

杏野とゾディアックの直接対決。代官山としても興味深い。警視庁の幹部連中は猛反対したが、マヤは権限を行使して無理やり木船をここに連れてきたというわけである。

「君がゾディアックの宿主なんだね」

杏野は感慨深そうに木船を見つめた。

「刑事さんからあんたもそうだったと聞いてる」

「まだゾディアックは君の中にいるのかい？」

「『元気そうでなにより』なんて言ってるよ」

「マジか！　まだいるのか！」

杏野は快哉《かいさい》を叫ぶような口調だった。

「間もなく消えるそうだ。もはや俺なんかに興味はないのさ。あんたと同じだよ」

木船は恨めしそうに言った。彼も杏野と同様、ゾディアックのゲームに利用された。

「ゾディアック、一つだけ教えてほしいことがあるんだ。ゾディアック。これを知らずしては、死ぬに死ねない。僕はいずれ死刑になる。それは君のせいでもあるんだぞ。憐れだと思って、どうか僕の願いを叶えてほしい」

杏野は身を乗り出して縋るように両手を合わせた。

「一つだけなら教えてやる、と言ってる」

「本当か!?」

木船の答えに杏野の顔がパッと輝いた。

「ただし一つだけだと」

木船が右手の人差し指を立てると、杏野の表情が引き締まった。

「六〇年代から七〇年代にアメリカのカリフォルニア州で起きた、一連のゾディアック事件。僕は人生をかけて事件のことを調べてきた。そこで一つの確信を得たんだ。ゾディアック事件の実行犯、つまり君の宿主は僕の父親、杏野潤だ。父はアメリカ在住時に事件を起こした。僕の推理が合っているかどうかを教えてくれ」

彼の口調は祈るようだった。

木船は瞼を閉じた。頭の中でゾディアックと対話しているのだろうか。

一分ほど沈黙が続いた。マヤも浜田も神妙な面持ちで答えを待っている。杏野は何度も喉元を上下させていた。

「答えは……ノーだ」

突然、瞼を開いた木船が答えた。

「ち、違うのか……じゃあ、誰が実行犯なんだ？　アーサー・リー・アレンなのか、それともデニス・レイダーなのか」

杏野が挙げた二人の男性は、ゾディアック事件の有力容疑者と見なされていた人物だ。この二人の名前は今までの杏野との面会で何度か聞かされている。

「悪いけど質問は一つだけだよ」

「そ、そんな……」

木船の返事に、杏野はがっくりと両肩を落とした。

「他に真犯人がいるってことね。残念だったわねぇ、杏野くん」

マヤが愉快そうに絶望に打ちひしがれた様子の杏野に声をかけた。なんだか、急に彼のことが気の毒に思えてきた。

「あの……峰岸月奈はどうなったんですか」

木船がおそるおそるといった様子で尋ねてきた。木船が刺した直後、出血はひどかったが、月奈にはまだ息があって救急車で運ばれて行った。

「重傷だが命に別状はない。お前の復讐は失敗に終わったんだよ。どちらにしてもいずれ二人とも死刑だ。続きはあの世でするんだな」

代官山は殴りかかりたい気持ちを抑えながら答えた。この男は新垣美優を含め、若い女性たちの命を理不尽に奪ったのだ。木船は少し悔しげに俯《うつむ》いて息を吐いた。

「ねえ、ゾディアックさん」

突然、マヤが木船に声をかけた。彼は顔を上げてマヤの顔を見た。

「次の事件も私を指名してくれる？　今回はなかなか面白かったわ。今度はもっと派手な現場を期待しているわ」

「黒井さんっ！」

まったく……希代《きたい》のシリアルキラーに犯罪を促す刑事がどこにいる？

「楽しみにしてるって言ってます」

木船はゾディアックの返事を告げた。

「そのときは僕も加わらせてくれ。マヤだけでは心許ないだろう」

「だから呼び捨てにすんな！」

浜田は杏野に飛びかかろうとしてアクリル板に額を強打すると、床に転がった。包帯から血が滲み出ている。木船は唖然とした顔で浜田を見つめている。

「あら、心強いこと言ってくれるのね」

「毒をもって毒を制すさ。シリアルキラーを捕まえるためには、シリアルキラーからのアドバイスが一番だ。今回でよく分かっただろう。僕は適任だ」

「すっかりハンニバル・レクター気取りね」

「マヤ、正式に僕を犯罪捜査アドバイザーとして、警視庁に迎え入れてくれないか。アメリカの連続殺人鬼のヘンリー・リー・ルーカスも、ＦＢＩのアドバイザーになって実績を上げていたらしいじゃないか」

「面白いわね。パパに相談してみるわ」

マヤは納得した様子で頷いている。

「マジですか!?」

「ええ。犯罪者は日々進化しているわ。警察だって変わらなくちゃ、でしょ」

マヤは歌うように言った。

「そ、それはそうですけど……」

マヤの進言なら、警察庁次長の父親が権力と権限を駆使して実現させるだろう。

杏野雲。また一人、厄介そうなメンバーが増えた。

代官山はいまだ床に転がったまま気を失っている浜田を見つめながら、ため息をついた。

この作品は二〇二〇年十一月小社より刊行されたものです。

ドS《エス》刑事《デカ》

二度《にど》あることは三度《さんど》ある殺人事件《さつじんじけん》

七尾与史《ななおよし》

令和4年10月10日　初版発行

発行人―――石原正康
編集人―――高部真人
発行所―――株式会社幻冬舎
〒151-0051東京都渋谷区千駄ヶ谷4-9-7
電話　03(5411)6222(営業)
　　　03(5411)6211(編集)
公式HP　https://www.gentosha.co.jp/
印刷・製本―中央精版印刷株式会社
装丁者―――高橋雅之

検印廃止

幻冬舎文庫

ISBN978-4-344-43237-6　C0193　な-29-8